光文社古典新訳文庫

死刑囚最後の日

ユゴー

小倉孝誠訳

光文社

Title : LE DERNIER JOUR D'UN CONDAMNÉ
1829
Author : Victor Hugo

目次

死刑囚最後の日

初版の序文

この書物がどうして存在するのか、二つの考え方がある。まず、実際に不揃いの黄ばんだ紙の束があって、そこにひとりの不幸な男が自分の最後の思いを一つひとつ書き留めていたのが見つかった。あるいは第二に、芸術のために人間性を観察することに関心をもつ人間、夢想家、さらには哲学者、詩人がいて、この書物で述べられている考えは彼の空想だった。彼はその考えをとらえ、あるいはむしろその考えにとらえられ、それを一冊の書物に投げ込むことではじめて解放された。

この二つの解釈のうちどちらを選ぶかは、読者の自由である。

死刑囚最後の日

1

ビセートル監獄

死刑囚！

この想念をいだきながら私が暮らすようになって、もう五週間になる。いつもひとりでこの想念に耐え、それが消えないせいでいつも凍え、その重みにいつも打ちひしがれている！

昔は、というのも数週間というよりもう何年も経ったような気がするからだが、私も皆と同じ普通の人間だった。毎日、毎時間、毎分、いろんなことを考えていた。若くて豊かな私の精神はさまざまな空想にあふれており、脈絡なくだらだらとその空想を次々に繰り広げては悦に入っていた。人生というこの粗くて薄い布地に、際限なくアラベスク模様を織りこんでいたものだった。それは若い女、司教がまとう豪華な祭服、勝ち戦の光景、喧騒と光に満ちた劇場、それからまた若い女、マロニエの太い枝の下を通る薄暗い夜の散歩だったりした。私の空想はいつでもお祭りだった。好きなことを考えられたし、自由だった。

だがいまは囚われの身だ！　独房の中、身は鉄鎖でつながれ、精神はひとつの想念の虜になっている。恐ろしく、血なまぐさく、容赦のない想念だ！　いまでは考えられること、確信できること、確かなことはひとつしかない。死刑囚！

何をしても、死刑囚というこの不吉な想念が頭から離れない。私の傍らにひかえるこの鉛のような亡霊は孤独で嫉妬深く、あらゆる気晴らしを追い払い、みじめな私と差し向かいで、私が顔をそむけたり目を閉じたりしようとすると、氷のように冷たいその手で私を揺り動かす。私の精神がどこかに逃げようとしても、さまざまな形になって潜りこんでくるし、私に向けられる言葉にはおぞましい決まり文句となって混じりあい、私といっしょに独房の醜悪な鉄柵にへばり付き、目覚めた私にとり憑き、震えながら眠る私を監視し、ギロチンの刃の形になって夢にまで現われる。

こうした想念に追い立てられて、私ははっと目覚める。「ああ、夢だったのか！」

そうなのだ！　私を取り巻くいまわしい現実や、独房の濡れて汗ばんだような敷石や、夜のランプが放つ淡い光や、私がまとう衣服の粗い織り目や、独房の鉄柵をとおして鈍く光る弾薬入れを身につけた見張り兵の陰気な顔に、死刑というこの逃れられない想念が刻まれているのだ。それをはっきり見ようと重い目を開くより先に、ひとつの声が耳元でささやくような気がする。

「死刑囚！」

2

八月のうるわしい朝だった。

三日前から私の裁判が始まっていた。三日前から毎朝、私の名前と罪に引き寄せられる見物客の群れが、死体に群がる鴉(からす)のように傍聴席になだれ込んでいた。判事、証人、弁護士、王室検事からなる幻想的な光景が三日前から、ある時は醜悪に、またある時は血なまぐさく、つねに陰鬱で宿命的な様相で私の目の前を何度も通り過ぎていった。最初の二晩は、不安と恐怖で眠れなかった。三日目の夜は、退屈と疲労のせいで眠れた。夜中の十二時に、審議する陪審員たちを傍目に、私は独房の藁の上に連れ戻された。すぐに深い眠り、忘却の眠りに落ちたのだった。数日来、はじめてとった休息の時間だった。

看守が起こしに来た時、私はまだこの深い眠りの奥底にいた。看守の重い足音、鋲を打った靴、鍵束のがちゃがちゃいう音、錆びついた錠前の軋む音だけでは、この時ばかりは目が覚めなかった。耳元で発せられた男の耳障りな声と、腕をつかむそのごつごつした手のせいで、私はようやく深い眠りから覚めた。「さあ、起きるんだ！」私は目を開き、驚きのあまり起き上がって座った。その時、独房の狭く高い窓をとおして、垣間見える唯一の空である横の廊下の天井に、黄色い光の反射が見えた。監獄の闇に慣れた目なら、そこに太陽のあることがよく分かる。私は太陽が好きだ。

「晴天だね」と看守に言った。

看守のほうは、言葉を返す必要があるかどうかも分からないというように、返事もせず一瞬黙りこんだ。それからちょっと無理して、急につぶやいた。

「そうらしいな。」

頭は半ば眠り、口元に微笑を浮かべ、天井を彩るあの黄金色のおだやかな光に目を凝らしながら、じっと動かずにいた。

「いい日だ」私は繰り返した。

「ああ、そうだな」と男は答えた。「皆がお前を待ってるぞ。」

虫が飛ぶのをさえぎる一筋の糸のように、この一言が私を荒々しく現実の中に連れ戻した。重罪裁判所の暗い法廷、判事たちの陣取る証拠品となる血だらけのぼろ着が並べられた半円形の席、三列に並んだ愚かな顔つきの証人たち、私が座る被告席の両端にいる二人の憲兵、揺れ動く黒いドレス、暗がりの奥でうごめく群衆の顔、私が眠っている間も寝ずにいた十二人の陪審員が私にじっと向ける眼差し、そうしたものがすべて一条の雷光に照らし出されたかのように、突然私の目に浮かんだ！

私は立ち上がった。歯はがちがち鳴り、手は震えて服を取ることもできず、脚は弱っていた。最初の一歩を踏み出すと、重すぎる荷物を担いだ人夫のように躓いた。それでも看守の後について行った。

独房の入り口で二人の憲兵が待っていた。手錠をはめられた。複雑な小さな錠前のようになっているので、入念に締められた。私はなされるがままだった。装置にもうひとつ装置が付いているようなものだ。

私たちは中庭を横切った。朝のすがすがしい空気で身が引き締まる思いだった。顔を上げると、空は真っ青だった。暖かい日光が長い煙突に断ち切られ、監獄の高く薄暗い壁の天辺（てっぺん）に大きな光の模様を描いていた。確かに晴天だ。

螺旋（らせん）階段を上り、回廊を通り、さらに二つめ、三つめの回廊を通った。やがて低い扉が開いた。喧騒の混じった、暖かい空気が顔にかかった。重罪裁判所の法廷にいる群衆の吐息だった。私は中にはいった。

私が姿を見せると、憲兵が武器を構える音が立ち、人々がざわついた。腰掛けを騒々しく移動する音が聞こえ、仕切り壁がみしみしと音を立てた。兵士に遮られた人々の群れの間を通って広い法廷を横切る間、自分に向けて目を見張るこれらの顔を動かすあらゆる糸を束ねる中心に、自分がいるような気がした。

その時、鉄鎖がないことに気づいたが、いつ、どこで外されたのか覚えがなかった。あたりがしんと静まり返り、私は自分の席に着いた。群衆の喧騒がやむのと同時に、私の頭の中の喧騒もやんだ。そしてそれまで漠然と感じていたことを、突然はっきり悟った。決定的な瞬間が訪れたのであり、私は判決を言い渡されるためそこにいたのだ。

どのようにして悟ったのか、できる者には説明してほしい。とにかく私に恐怖心はなかった。窓が開いていたので、町の空気と騒音が外から自由にはいってきた。まるで結婚式でも行われるように法廷は明るかった。陽気な太陽の光があちこちにガラス窓の明るい模様を描いている。床板には長く伸び、テーブルの上では拡大され、壁の角の部分では折れ曲がっている。窓からその明るい菱形部分までを通る光のせいで、金色の粒子の大きな角柱形が空中に浮かびあがっていた。

法廷の奥に陣取っていた判事たちは、おそらくまもなく仕事が終わると思って喜んでいるように見えた。ガラス窓の反射で穏やかに照らされた裁判長の顔には、何かしら冷静で善良なところが感じられた。若い陪席裁判官は法服の胸飾りをいじりながら、ピンク色の帽子をかぶった美しい女性とほとんど陽気にお喋りしている。その女性は特別の計らいで、彼のすぐ後ろの席をあてがわれたのだ。

陪審員だけが青白く、くたびれたような様子だった。どうやら一晩中眠らずにいたせいで、疲れているのだろう。あくびをしている者もいた。彼らの態度を見るかぎり、死刑判決を下したばかりの男たちには見えなかった。この善良な市民の顔には、眠りたいという強い欲求しか感じられなかった。

私の正面にある窓が大きく開いていた。河岸にいる花売り女たちの笑い声が聞こえてきた。窓枠の縁には小さな美しい黄色い花が置かれていて、陽光をいっぱいに浴びながら石の割れ目からはいってくる風と戯れていた。

これほど快い感覚の中で、どうして不吉な考えなど浮かびえようか。大気と太陽に浸っていた私は、自由以外のことを考えられなかった。周囲の日光のように、私の中に希望の光が差しこんだ。解放と生命を待ち望むように、私は安心して判決を待った。

そのうち弁護士が到着した。皆が待っていたのだ。彼は旺盛に、たっぷり朝食をとってきたところだった。自分の席に着くと、微笑しながら私のほうに身をかがめた。

「良い結果を期待しているよ」と彼は言った。

「そうですね」私も微笑しながら、軽やかに答えた。

「もちろんさ」と彼は続けた。「陪審員たちがどのような見解を表明したかまだ分からないが、きっと予謀罪は除外しただろう。そうなれば、せいぜい終身の強制労働刑だ。」

「何ですって? それなら百回死刑になったほうがましです!」と私は憤然として言い返した。

そうだ、死刑のほうがましだ！ それに何か知らない内心の声が次のように繰り返したし、それを告白したからといって何の危険もない。死刑宣告というのはいつだって真夜中の十二時、薄暗い黒い法廷の燭台の光の下で、冬の冷たい雨の夜に下されるものじゃないか。八月の朝八時、しかもこんな晴天の日にあの善良な陪審員たちがそのようなことをするなんて、ありえない！ 私の目は陽光を浴びる黄色の美しい花のほうに向けられた。

弁護士の到着を待っていた裁判長が、突然私に起立するよう促した。兵士たちは武器を持ちあげた。電流に動かされたように、一同全員が同時に立ち上がった。法廷の下のほうに置かれた机に座っている無能そうで、目立たない顔つきの男は書記だったと思う。その男が発言を求め、私のいないところで陪審員たちが下した判決を読みあげた。手足から冷たい汗がにじみ出た。倒れないよう壁に寄りかかった。

「弁護士、刑の適用について何か論述したいことはありますか」裁判長が尋ねた。

私なら言いたいことはいっぱいあったが、何も口に出せなかった。口の中で舌がへばりついた。

弁護士が立ち上がった。

彼が陪審団の判決を軽減させようとしていること、判決が求める刑罰ではなく、先ほど彼が望んでいると知って私が深く傷ついたあの別の罰を要求しようとしていることが分かった。

私の怒りの念はとても強かったので、脳裏でうごめいていた無数の激しい感情をつき抜けて外に表われるほどだった。「百回死刑になったほうがましです！」という弁護士に言ったことを、大声で繰り返したかった。しかし呼吸が続かず、痙攣するような力を込めて「だめです！」と叫び、彼の腕を乱暴につかんで止めることしかできなかった。

検事総長が弁護士に論駁するのを、私は愚かしくも満足しながら聞いた。その後判事たちが退廷し、再び戻って来ると、裁判長が判決文を読みあげた。

「死刑だ！」と群衆が叫んだ。私が法廷から連れ出される間、人々は建物が崩れ落ちる時のような騒々しい音をたてて、私の後について来た。私は酔ったように茫然と歩いていた。私の内で大きな変化が生じた。死刑の判決が下されるまでは、自分が他の人たちと同じ環境で呼吸し、脈打ち、生きていると感じていたが、今では世界と私の間に垣根のようなものがあるのをはっきりと認めた。もはや何も以前と同じような様相を呈してはいなかった。あの光を浴びた広い窓、あの美しい太陽、あの雲ひとつない青空、あのきれいな花、それらがすべて白く、青ざめていて、まるで屍衣の色なのだ。私が通ると蝟集する男女や子供たちはまるで亡霊のようだった。

階段の下では、格子の嵌まった黒くきたない馬車が私を待っていた。乗ろうとして、ふと広場に目をやった。通行人たちが馬車のほうに駆け寄ってきて「死刑囚！」と大声で叫んだ。周囲のものと私の間に靄が立ち込めたようになり、その靄をとおして、二人の娘が貪欲な目つきで私を追ってくる姿が見えた。「良かったわ。六週間後ね！」と年下の娘が手をたたいて言った。

3

死刑囚！

ところで、それがどうしてだめなのか。何かの本で読み、ためになったのはその一文だけということをよく記憶しているのだが、人間は皆、無限定の執行猶予がついた死刑囚なのだ。そうだとすれば、私の状況に何か変化があるだろうか。

私に判決が下されて以降、長く生きるつもりでいたどれだけの人が亡くなったことだろう！　若く、自由で、健康で、ある日私の首がグレーヴ広場[1]で切り落とされるのを見物するつもりだった人が、どれだけ私より先に死んだことだろう！　今は戸外を歩き、大気を吸い、自由に家を出入りする人がどれだけ、おそらくこれから処刑日までの間に私より先立つことだろうか！

それに私にとって、この人生に何か思い残すほどのものがあるだろうか。独房の薄暗い日差しと黒いパン、徒刑囚の桶からすくう肉のないスープの配給、教育を受けて上品な物腰の私が看守や見張り番から手荒に扱われ、暴力に晒（さら）されること、私が言葉を掛けてもらうに値する者だと見なし、私のほうでも言葉を掛けてやりたいような人間に出会えないこと、自分がしたこと、そしてこれから自分にされることを想って絶えず恐れおののくこと——実際のところ、ほぼこれだけしか死刑執行人が私から奪うものはない。

ああ、それにしても、やはり恐ろしいことだ！

1　死刑台が設置された場所で、ほぼ現在のパリ市庁舎前広場にあたる。

4

黒い馬車で私はここ、おぞましいビセートル監獄[2]に連れて来られた。遠くから見ると、この建物はどこか威厳に満ちている。地平線の向う、丘の頂(いただき)に聳(そび)えていて、離れたところからは昔の壮麗さを保ち、まるで王の城館のように見える。しかし近づくにつれて宮殿は陋屋(ろうおく)に変わる。傷んだ切り妻壁は見苦しいし、何かしら恥ずべき、みすぼらしいものが、この堂々とした建物正面を汚している。まるで壁が病んでいるようだ。ガラス格子や窓ガラスはもはやなく、交差した太い鉄格子が嵌まっているだけで、そのあちこちに徒刑囚や狂人のやつれた顔がへばり付いている。近くから見れば、これがビセートル監獄の現実だ。

5

到着するやいなや、鉄のようにたくましい手に引き渡された。用心深い対策がいろいろ講じられた。食事のためのナイフやフォークはない。拘束衣と呼ばれる、一種の帆布の袋が私の腕を締めつける。命は守ると請け合ってくれた。私は破棄院[3]に上告していたのだ。この骨の折れる作業には六、七週間要するかもしれないが、私が無傷のまま元気でグレーヴ広場に行けるようにする必要があった。

最初の数日、私は気持ち悪いほどていねいに扱われた。看守の配慮は死刑台のにおいがする。幸いなことに、数日後には彼らのほうが習慣に勝てなくなり、他の囚人たち同様、私を等しく乱暴に扱うようになった。他の囚人と区別して、慣れないさまで私をていねいに遇することもなくなった。そのような態度は絶えず、私の眼前に死刑執行人の姿を彷彿させていたのである。改善されたのはそれだけではなかった。私の若さ、従順さ、監獄教戒師の心遣い、そしてとりわけ、理解されなかったとはいえ私が門番に向けて投げかけたラテン語の語句のおかげで、私は他の囚人といっしょに週一度散歩できるようになり、体を締めつけていた拘束衣から解放された。当局側は

2　パリ南郊にあった監獄で、死刑囚や、徒刑に送り出される囚人が一時的に収監された。現在のクレムラン＝ビセートル市にあった。

3　フランスの最高裁判所。

ずいぶん躊躇した末に、私にインクと、紙と、ペンと、夜用のランプをくれた。

毎日曜日のミサの後、休憩時間になると私は中庭に放たれる。そこで囚人たちと話すのだが、実際その必要があったのだ。このみじめな男たちは善良だ。彼らは自分たちの仕事の話をしてくれる。聞くもおぞましい話なのだが、彼らにとっては自慢話だということが分かる。彼らは私に隠語を話すこと、彼らの用語では鉄床をたたくことを教えてくれる。それは普通の言葉に接ぎ木されたような言葉で、いわば醜い突起物、いぼのようなものだ。時には奇妙なほど力強く、恐ろしいほど絵画的な表現もある。街道にブドウジャムがある（道に血痕がある）、寡婦を娶る（絞首刑になる）。まるで絞首台の綱が、絞首刑になった男たちすべての寡婦であるかのようだ。盗人の頭を指す名称は二つある。犯罪を思いつき、練り上げ、そそのかす時はソルボンヌ、死刑執行人にギロチンで切られる時は丸太と呼ばれる。時には、大衆演劇の趣向を感じさせる隠語もある。柳で編んだカシミアショール（くず屋の籠）、嘘つき女（舌）。そして至るところから絶えず、由来の分からない奇妙で、不思議な、醜悪で汚らわしい語が聞こえてくる。部屋（死刑執行人）、円錐（死）、戸棚（処刑場）。まるでひき蛙や蜘蛛の言葉のようではないか。隠語を耳にしていると、何か不潔で埃っぽいもの、人前で振り回されるぼろの束のような感じを受ける。

とはいえ、少なくともこの男たちは私に同情してくれたし、そうしてくれたのは彼らだけだ。牢番、看守、鍵を保管する門番はお喋りしたり、笑ったりするだけで——それを恨んではいないが——、面前で私の話をする時もまるでもの扱いだ。

6

私は思った。

ものを書けるのだから、どうして書かずにいられよう。しかし何を書くのか？　剝き出しの冷たい壁に四方を囲まれている私には、歩き回る自由も、目を向ける地平線もない。唯一の気晴らしといえば、独房の扉ののぞき窓をとおして暗い壁に差しこむ白っぽい四角の光が、ゆっくりと動いていくのを一日中じっと眺めていることだけだ。そして先ほども言ったように、ひとつの想念、罪と罰の想念、殺人と死刑の想念にひとりで対峙している！　この世でもう何もすることのない私に、何か言うべきことがあるだろうか。萎えて空になった脳の中に、書くに値するようなものを見出せるのだろうか。

いや、どうして見出せないことがあろう。周囲のすべてが単調で、精彩のないものだとしても、私の内心では嵐と、闘いと、悲劇が繰りひろげられているではないか。私に取り憑いているあの固定観念は、あらゆる瞬間に新たな形をとって絶えず現前してくるではないか。それは死の時が迫るにつれて、いっそう醜悪で、血なまぐさい形になる。いま自分が置かれている孤独な状況で私が感じている激烈で未知なものをすべて、どうして自分に語ろうとしないのか。確かに、材料はたくさんあるのだ。私の人生がどんなに短くても、今この時から死ぬまでそれを満たす不安、恐怖、苦悩の中には、このペンを擦り減らし、このインク壺を空にするほどの材料があるはずだ。——それにこの不安を鎮める唯一の手段はそれをじっくり観察することだし、不安を描けば気晴らしになるだろう。

しかも、私がこのようにして書くものは、おそらく無駄にならないだろう。一時間ごと、一分ごと、さまざまな責苦のたびに私の苦悶を語るこの日記を、肉体的にもはや続けられなくなるまで書き続ける力があれば、そして私の感じたことを記すこの物語が未完に終わることはやむを得ないとしても、それでも可能なかぎり完全に記せば、そこには偉大で深い教えが含まれるのではないだろうか。死に際（ぎわ）の思考を記録したこの調書、絶えず高まる苦痛のありさま、いわば死刑囚のこの知性の解剖には、死刑判決を下す者たちにたいする教訓がいくつも含まれているのではないだろうか。これを読めば、思考する頭、人間の頭を彼らがまた別の機会に司法の天秤と呼ぶものに載せる時、おそらく以前よりは慎重になるだろう。死刑という手っ取り早い形式に、苦悩は緩慢に続いていくという事実がはらまれていることを、あの哀れな人たちはおそらく考えたこともないだろう。彼らによって首を刎（は）ねられる人間にも知性があること、人生に期待した知性や、命を絶たれることなど予期していなかった魂が宿っていることを、あの人たちは悲痛な気持ちで考えてみたことがあるのだろうか。いや、ないだろう。あの人たちがそこに見るのはギロチンの三角形の刃が垂直に落ちるということだけで、死刑囚にはそれ以前やそれ以後は何もない、と思っているにちがいない。

この手記が彼らの誤りを正してくれるだろう。おそらくいつか出版されて、ひとりの人間の苦悶に彼らは心をしばらく向けてくれるだろう。この苦悶に彼らは気づいていないのだから。肉体をほとんど苦しめずにひとりの人間を殺せるというので、彼らは得意満面だ。ああ、まさにそれこそが問題なのだ！　精神的な苦痛に比べたら、肉体的な苦痛など何ほどのことがあろう！　そのようにして作られた法律こそおぞましく、憐れむべきだ！　いつかその日が来るだろう。そしてひとりの惨めな男の最後の告白であるこの手記が、おそらくそれにいくらか寄与したことになるだろう……。ただし私の死後、泥にまみれたこの紙片が中庭で風に吹き飛ばされないならばだが。あるいは看守の部屋の割れたガラス格子に点々と星形に貼られて、雨に濡れて朽ちなければだが。

7

私がここに書き記すことがいつか人々に役立ってほしい、それが裁きを下そうとする判事を引き留めてほしい、そして有罪であれ無実の罪であれ、不幸な者たちは私が宣告された死の苦悶から救われてほしい。なぜそう願うのだろう。それが何の役に立ち、どうなるというのだろう。私の首が切り落とされたなら、他の人の首がさらに切り落とされたところで、それが私にとってどうだというのか。こんな馬鹿げたことを私はほんとうに考えたのだろうか。自分が上った後で、死刑台を破壊するなんて！

それがいったい私に何をもたらしてくれるというのか。何だって！　太陽、春、花ざかりの野原、朝目覚める鳥、雲、木々、自然、自由、生命、それがもはや私のものでないとは！

ああ、まず自分の命を救うべきだろう！　それができない、明日、いやひょっとしたら今日にも死ぬ、そんなことがほんとうにありえるだろうか。ああ！　それを考えると恐ろしくて、独房の壁に頭を打ちつけて死んでしまいたいくらいだ！

8

自分に残された日々を数えてみよう。

判決が下された後、上告までの猶予は三日間。

重罪裁判所の検事室でこの案件は一週間放置され、その後、いわゆる書類が大臣に送られる。

大臣室で二週間待たされる。大臣は書類があるということすら知らないが、それでも検討した後、それを破棄院に回すことになっている。

そこで案件は分類され、番号が付けられ、登録される。ギロチン刑は混み合っていて、それぞれ順番通りに処刑されるからだ。

さらに二週間、受刑者が特別待遇を受けないよう監視する。

最後に、ふつうは木曜日だが破棄院が開廷して二十件の上告をまとめて棄却し、すべてを大臣に差し戻し、大臣が検事総長に差し戻し、検事総長が死刑執行人に差し戻す。これで三日間。

四日目の朝、検事総長代理はネクタイを締めながら考える。「とにかくこの件を終わらせよう」そして、書記代理が友人たちと昼食の約束などをして支障がある場合を除いて、処刑命令書の正本が作成され、文面が記され、清書され、発送される。翌日の夜明けには、グレーヴ広場で死刑台が組み立てられる音と、町の辻で声を嗄らした役人が大声で叫ぶのが聞こえる。[4]

全部で六週間だ。あの娘の言ったとおりだ。

あえて数えようとは思わないが、私がビセートル監獄の独房に入れられてから少なくとも五週間、いやおそらく六週間になる。しかも三日前は木曜日だったようだ。

9

遺言書を作成したところだ。

とはいえ、それが何の役に立つだろう。私は裁判費用の弁済を命じられているが、私の全財産をもってしても足りないくらいだ。ギロチン刑は高くつくのだ。

私は母と、妻と、子供をひとり残すことになる。

三歳の幼い娘で、やさしく、バラ色の肌で、か細い。黒い大きな目、髪は長く栗色をしている。

私が娘に最後に会ったのは、彼女が二歳一か月の時だった。

こうして私が死ねば、息子を失った女、夫を失った女、父親を失った女という三人の女が残される。種類の異なる三人の孤児、法が生み出した三人の寡婦である。

自分が罰せられるのは当然だということは認める。しかし罪のない彼女たちが何を

4　死刑執行は公開の法的儀式であり、役人が町中で触れ回ったのである。

したというのか。だが、当局にとってそんなことはどうでもいいのだ。彼女たちは辱められ、破産する。それが司法というものだ。

哀れな老母のことは心配していない。もう六十四歳だし、心痛で死ぬだろう。あるいはこの先まだ数日は生きながらえるにしても、床に置く足温器に最後まで温かい灰が少し入ってさえいれば、文句を言わないはずだ。

妻のことも心配していない。前から容体が悪いし、心も弱っている。彼女も死ぬだろう。

発狂しないとすればだが。発狂すると、生き延びられるようだ。少なくとも、精神はもう苦しまない。妻は眠っており、死んだも同然だ。

しかし私の娘、子供、哀れな幼いマリーは今この時にも笑い声を立て、遊び、歌い、何も考えていない。この娘のことを思うとつらいのだ！

10

私の独房は次のようになっている。

広さは八ピエ[5]四方。四方は切石の壁で、外の回廊から一段高くなった敷石の床の上に垂直につながっている。

独房に入ると、扉の右側に窪んだ所があり、それが名ばかりの寝室だ。そこに藁を一束投げ入れて、夏冬つうじて麻のズボンと雲斎織の上着をまとった囚人が休息し、眠ることになっている。

頭上には、空の代わりにアーチ形——そう呼ばれている——の黒い丸天井があり、厚い蜘蛛の巣がぼろ布のように吊り下がっている。

しかも窓はないし、通気孔すらない。木材に鉄板を張った扉がひとつあるだけ。

いやそれは正しくない。扉の中央の上部に、九プス[6]四方の開口部があり、十字形の格子が嵌まっていて、看守は夜になると閉める。

外側にはかなり長い回廊が延び、壁の上部にある狭い通気孔を使って明かりをとり、空気を入れ替える。回廊は石組みの区画に分かれていて、低いアーチ形の戸でつな

5　一ピエは約三十二センチ。
6　一プスは約三センチ。

がっている。一つひとつの区画が、私の独房と同じような独房のいわば控え室になっているのだ。刑務所長が懲罰刑に処した徒刑囚たちは、この独房に入れられる。最初の三つの独房は死刑囚用だ。牢獄に近く、牢番にとってはそのほうが便利だからである。これらの独房は、ジャンヌ・ダルクを火刑台に送ったあのウィンチェスター枢機卿が十五世紀に建てた古いビセートル城で唯一残っているものだ。先日私の独房にやって来て、動物園の獣でも眺めるように離れたところから私を見ていた野次馬連中から聞いた話である。看守はそれで百スー儲(もう)けたのだ。

言い忘れたが、独房の扉の前には見張り兵が昼夜を問わず立っているし、扉の四角い開口部のほうに目を上げると、彼の二つの開いた目がじっとこちらを凝視しているのが見える。

それでも、石の箱にすぎないこの独房に大気と光が通ると考えられているのだ。

11

まだ日が上っていない。この夜中に何をしたらいいのだろう。ふと思いついたことがある。私は起き上がって、独房の四方の壁にランプの光をかざした。壁は文字や、絵や、奇妙な模様や、名前で覆われていて、それが互いに重なり、消し合っている。少なくともここでは、死刑囚は皆痕跡を残そうとしたようだ。鉛筆や白墨や炭で黒や、白や、灰色の文字が記され、石にはしばしば深い溝が刻まれ、あちこちにまるで血で書かれたような錆びた文字が見える。実際、私の精神がもっと自由だったら、この独房の石一つひとつの表面に書かれ、私の目の前で一ページごとに繰り広げられるこの異様な書物に興味を抱くことだろう。敷石の表面のあちこちに記された思考の断片から、まとまった全体を再構成し、それぞれの名前の向うにひとりの人間を見出してみたい。書いた者と同じく首のない胴体であるこれらの削られた文章や、体をなしていない句や、ばらばらの語に意味と生命を返してやりたい。

枕の高さに、矢で貫かれた二つの燃えあがる心臓が描かれていて、その上に「永遠の愛」と書かれている。不幸な男の約束は、長くは続かなかったことになる。

その横に三角帽のような図柄があり、下には小さな顔が粗雑に描かれており、「皇帝陛下万歳！　一八二四年」という文字が読める。

さらに燃えあがる心臓があり、「マチュー・ダンヴァンが好きだ、愛している。

ジャック」という一文が読める。牢獄にはよくある類いの文だ。

反対側の壁にはパパヴォワーヌ[7]という名前が読める。大文字のPにはアラベスク模様が施され、入念に飾られている。

卑猥な歌の一節。

壁の石に、自由の帽子の絵柄がかなり深く刻まれ、その下に「ボリ――共和政」と記されている。ボリは、ラ・ロシェルの四人の下士官のひとりだった[8]。気の毒な青年だ！ 彼らのいわゆる政治的必然性とは何と醜悪なのだろう！ ひとつの思想、ひとつの夢想、ひとつの抽象観念のために、ギロチンと呼ばれるあの恐ろしい現実の犠牲になるとは！ それに比べてまさしく罪を犯し、他人の血を流した非道なこの私が不平を洩らすなんて！

これ以上探し回るのはやめよう。――壁の片隅に白く描かれた恐ろしい絵柄を見つけた。おそらく今しも私のために設けられているあの死刑台の絵である。――ランプがあやうく手から落ちそうになった。

12

私は急いで藁の上に座りなおし、膝の間に頭を垂れた。すると子供じみた恐怖心が消え、壁に書かれたものをまた読みたいという奇妙な好奇心が湧いてきた。パパヴォワーヌの名前の横で、壁の角に張り、埃のせいですっかり厚くなった巨大な蜘蛛の巣を私は取り除いた。この蜘蛛の巣の下に、他はすべて消え失せて壁の染みしか残っていないのだが、今でもはっきり読める四、五人の名前があった。――ドータン、一八一五年。――プーラン、一八一八年。――ジャン・マルタン、一八二一年。――カスタン、一八二三年。[9] これらの名前を読むと、陰鬱な記憶が甦ってきた。

---

7 パパヴォワーヌはパリ近郊ヴァンセンヌの森で二人の少年を殺害し、一八二五年三月に死刑に処せられた。

8 フランス南西部の都市ラ・ロシェルで、四人の下士官が共和派の陰謀を企てたせいで一八二二年九月、死刑となった。ボリはその首領格だった。

9 以上はいずれも実在した犯罪者たちである。

ドータンは弟を殺して四つ裂きにした挙げ句、夜のパリに出かけて頭部を水汲み場に、胴体を下水道に投げ捨てた男だ。プーランは妻を殺した男だ。ジャン・マルタンは、老いた父親が窓を開けた時にピストルで撃った男だ。カスタンは医者で、友人に毒を盛り、みずからが引き起こしたこの病を治療すると見せかけて、薬の代わりにまた毒を飲ませた男だ。彼らに伍して、パパヴォワーヌは頭にナイフで切りつけて子供たちを殺した忌まわしい狂人である。

　そうなのだ、と私は独りごちた。そして熱病のような震えが腰まで上ってきた。あの男たちが私より前にこの独房に入っていたのだ。ここ、今まさに私が座っているこの敷石の上で、殺人と流血の罪を犯したあの男たちが最後の想いを巡らせたのだ！この壁の周りで、この狭い四角の空間で、彼らは野獣のように歩き回ったのである。彼らはあまり間を置かずにやって来た。この独房には絶えず住人がいたようだ。彼らは席を温めておいてくれた。そしてその席を私に譲ったというわけである。次は私がクラマール[10]の墓地で彼らに合流する番だ。墓地には草がよく生える！

　私は幻視者でもなければ、迷信深い者でもないが、こうしたことを考えているうちに熱が出たのかもしれない。このような夢想に耽(ふけ)っている間に突然、これら不吉な名前が黒い壁に火のような文字で書かれている気がした。しだいに速さの増す耳鳴りの音がはじけ、赤味がかった光が視界を満たした。それから、左手に自分の頭を持った、しかも髪の毛がないので口に手を入れて頭を持った奇妙な男たちが独房にあふれているように思われた。父親殺しの男を除いて、皆私に向かってこぶしを振り上げていた。[11]

恐ろしくなって私は目を閉じた。すると、すべてがいっそうはっきり見えてきた。

夢か、幻想か、現実か知らないが、突然の感覚で折よく覚醒していなければ、私は発狂しただろう。もんどりうって倒れそうになったところで、はだしの足下で冷たい腹と毛だらけの足がごそごそ動くのが感じられた。私が巣を取り払ったので逃げようとしていた蜘蛛だった。

これで私は正気に戻った。――ああ、何と恐ろしい亡霊だろう！――いや、あれは私の空（から）になった震える脳髄が生み出した幻影、空想にすぎない。マクベス風の妄想だ！　死者は確かに死んだ。とりわけあの男たちは。彼らはまちがいなく墓地に葬ら

10　パリ南西郊外の町で、処刑された死刑囚の遺骸はこの町の共同墓地に埋葬された。

11　親を殺した者は、かつて右手首を切断されたうえで死刑になった。

れ、錠前が掛けられたのだ。墓地は、脱走できる牢獄のようなものではない。それなのにどうして私はこんな恐怖心に駆られたのだろうか。

墓の扉は内側から開くことはない。

13

最近、おぞましい光景を目にした。

ようやく夜が明けようという頃、監獄が騒々しくなった。重い扉が開いたり閉まったりし、鉄の閂（かんぬき）と南京錠がきしみ、牢番のベルトに吊り下がる鍵束がぶつかって組み鐘のような音を立て、人が足早に通るせいで階段が上から下まで揺れ、長い回廊の両端から声が呼び合い、答えていた。隣の懲罰房にいる徒刑囚[12]たちは、いつにもまして陽気だった。ビセートル監獄全体が笑い、歌い、走り回り、踊っているようだった。

この騒音の中で私だけが沈黙を守り、この興奮の中で私だけが身じろぎもしなかった。驚いて注意深く耳をすました。

牢番がひとり通りかかった。

思いきって私は牢番を呼びとめ、監獄でお祭りでもあるのかと尋ねた。

「お祭りみたいなものだ！」彼は答えた。「明日トゥーロンに出発する徒刑囚に、今日鉄鎖を取り付けるのさ。見たいか、面白いぞ。」

実際、孤独な隠者からすれば、どれほどおぞましくても見世物を目にできるのは幸運だった。私はこの娯楽を受け入れた。

私が脱走しないよう、看守はお定まりの予防策を講じ、何も備え付けられていない空の小さな独房に私を導きいれた。格子の嵌まった窓があったが、それは肘の高さまである本物の窓で、窓越しには本当の空が見えた。

「さあ、ここからだとよく見えるし、聞こえるぞ」と看守が言った。「お前は国王のように、桟敷席を独占できるんだ。」

それから彼は出て行き、私の後ろで錠と、南京錠と、閂を閉めた。

窓はかなり広くて四角い中庭に面しており、中庭の四方には切石で造られた七階建

12 徒刑とは懲役刑と異なり、監獄に収監するのではなく、主に港湾都市で土木事業などの強制労働につかせる刑罰である。辺境の地で過酷な労役を強いられる徒刑は、懲役刑以上に恐れられた。『レ・ミゼラブル』の主人公ジャン・ヴァルジャンは、トゥーロンで徒刑を科される。

ての大きな建物が城壁のように聳えていた。この四つの正面壁ほど荒れ果て、剥き出しで、見ていて悲惨なものはない。そこには無数の格子窓が穿たれ、下から上までその窓には痩せて青白い多くの顔がへばりつき、壁の石のように上下に隙間なく並んでいた。そして交差する鉄格子の中に、すべての顔がいわば枠の中のように収まっていた。それは囚人たち、つまり儀式の観客たちだった。彼らもまた、いつかは自分が役者になる日を待っている。まるで地獄に面した煉獄の通気孔に押し寄せた劫罰に苦しむ魂さながらだった。

まだ誰もいない中庭を皆がじっと見つめていた。待っているのだ。これら生気のない暗い顔にまじって、火のようにぎらぎらした鋭い目がところどころで輝いていた。

中庭を取り囲む監獄の四角い建物は、完全に閉じているわけではない。建物の四つの壁面のひとつ（東に面した壁面）が中央部で切れていて、隣の壁面とは鉄柵で結ばれているだけだ。この鉄柵が第二の中庭のほうに開くのだが、この中庭はより小さく、やはり黒ずんだ壁と切り妻で囲まれている。

中心となる中庭の周りでは、石のベンチが壁ぎわに据えられていて、中央部には角灯を吊るすため先の曲がった鉄の柱が立っている。

正午の鐘が鳴った。窪みに隠れている大きな正面扉がいきなり開いた。青い制服に赤い肩章と黄色い負い革を身につけた、不潔で恥ずべき兵士のような連中をともなって、一台の荷車が鉄具の音を立てながら、ずっしり重そうに中庭に入って来た。徒刑囚の群れと鉄鎖だった。

それと同時に、この物音が監獄中の音を目覚めさせたかのように、それまでじっと静かにしていた窓辺の見物人たちが歓喜の叫びを上げ、歌い、脅し文句を吐き、聞くのも辛いほどの笑い声が混じった呪詛の言葉をがなり立てた。まるで悪魔の仮面を見ているようだった。すべての顔に渋面が現われ、窓の格子からは拳が突き出され、あらゆる声が喚き、あらゆる目が炎のようにらんらんと光った。灰の中にこれほどの火花があらためて出現するのを目にして、私は恐怖を覚えた。

その間に、監視人たちが平然と仕事に取りかかった。監視人の中には、清潔な服装と極度の恐れからして、パリからやって来た物見高い人たちだと分かる者も交じっていた。ひとりの監視人が荷車に上り、鉄鎖と、移動の間徒刑囚をつなぐ首輪と、麻ズボンの束を仲間に放り投げた。彼らは作業を分担した。中庭の隅に行って、彼らの隠語で紐と呼ばれる長い鎖を伸ばす者がいれば、タフタ織と呼ばれるシャツとズボンを石畳の上に広げる者もいた。いちばん賢い者たちは、老いて小柄でずんぐりした監視長の目の前で、鉄の首枷を一つひとつ吟味し、それから火花が出るほど石畳にぶつけて試していた。そうした作業がすべて、囚人たちの冷やかすような歓声の下でなされた。その声を圧するほど大きかったのは、こうした準備がなされる相手であり、小さな中庭に面した古い監獄の窓枠のところに追いやられていた徒刑囚たちの騒々しい笑い声だけだった。

これらの準備がすむと、銀の刺繍が施された衣服をまとった総監殿と呼ばれる男が、監獄の所長に命令を下した。するとたちまち、二、三の低い扉が開け放たれ、おぞましく、喚き声をあげる、ぼろを身につけた男たちの集団がほとんど同時に、まるで吐き出されたように中庭に乱入した。徒刑囚だった。

彼らが入って来ると、窓辺にいた者たちの喜びが高まった。彼らの中には徒刑場でその名を知られた者たちがいて、歓声と喝采で迎えられると、それをいわば誇り高く謙虚に受け入れた。大部分の徒刑囚は、独房の藁くずを使ってみずからの手で編んだ奇妙な形をした帽子のようなものを被っているが、それはこれから通過する町で目立つためだった。そうした徒刑囚への喝采はいっそう大きかった。とりわけ、娘のような顔をした十七歳の若者が見物人を熱狂させた。一週間前から監禁されていた独房を出てきたところだった。若者は藁の束で、頭から足の先まですっぽり覆う服を作り、蛇のような敏捷さでとんぼ返りをしながら中庭に姿を現わしたのだ。盗みをしたせいで有罪になった軽業師だった。盛んな拍手と歓喜の叫び声が上がった。徒刑囚たちはそれに応えていた。正真正銘の徒刑囚と、これからそうなろうとしている者の間でこのように陽気な応答が交わされるのは、いかにもおぞましいことだった。牢番と、恐怖に慄く物見高い連中に代表される社会は確かにそこに控えているが、何もできない。犯罪の世界は社会を真っ向から愚弄し、この恐ろしい罰さえ内輪のお祭りに変えていた。

徒刑囚は到着するにつれて、二列に並ぶ見張り人の間を通って柵で囲まれた小さな中庭に押しやられた。医師の検査が待っているのだ。そこで彼らは皆目が痛いとか、脚が不自由とか、あるいは手に重傷を負っているとか、何らかの健康上の言い訳を持ちだして、徒刑の旅を逃れようと最後の努力をする。しかしたいてい、徒刑に支障なしと判断された。すると徒刑囚は平気なようすで諦め、一生治らないと主張した障害のことをすぐに忘れてしまうのだった。

小さな中庭の柵が再び開いた。監視人が名前をアルファベット順に点呼した。徒刑囚はひとりずつ出てきて、大きな中庭の片隅に行って整列した。隣には、名前の頭文字のめぐり合わせで仲間になった者が控えている。こうして徒刑囚は、最後は自分だけが頼りになる。各自が自分の鉄鎖を負い、見知らぬ者と並ぶ。もし偶然にも徒刑囚に友だちがいれば、鉄鎖によって切り離される。最悪の悲惨な状況である！

　およそ三十人の徒刑囚が出たところで、柵がいったん閉められた。監視人は棍棒を使って彼らを一列に並べ、各自の前にシャツと、上着と、粗い麻のズボンを放り投げてから合図した。皆いっせいに服を脱ぎ始めた。その時まるで図ったように、予期せぬ出来事が生じてこの屈辱的な場面を拷問に変えてしまったのである。

　それまでは、かなりの好天気だった。十月の寒風が冷たい空気をもたらしていたが、時には空を覆う灰色の雲のところどころに隙間が穿たれて、そこから陽光が差しこんでいた。ところが徒刑囚たちが監獄のぼろ着を脱ぎ捨てて、疑り深い監視人の検査に身をまかせ、周囲をぐるぐる回って彼らの肩を眺めまわす[13]見知らぬ者たちの好奇のまなざしに、立ったまま裸身を晒していた時、空が暗くなり、秋の冷たい驟雨が降り出した。四角い中庭と、徒刑囚の帽子を被らない頭と、剝き出しの手足と、石畳に広げられたみすぼらしい衣類に、雨は滝のように降りそそいだ。

監視人と徒刑囚を除けば、中庭にはあっという間に誰もいなくなった。パリからやって来た物見高い連中は扉の庇の下に避難した。

その間も雨はざあざあ降っていた。中庭にはもはや、冠水した石畳の上に立ちつくす裸でびしょ濡れの徒刑囚しかいない。騒々しい虚勢の後に、陰鬱な静けさが訪れた。徒刑囚は寒さにうち震え、歯ががちがち鳴っていた。痩せこけた脚と節くれだった膝がぶつかり合っていた。彼らが血の気の失せた手足に濡れたシャツと、雨が滴り落ちる上着とズボンをまとうのを見ると、じつに哀れだった。裸のほうがまだましだっただろう。

老いた男がひとりだけ、相変わらず陽気だった。濡れたシャツで体を拭いながら、「これは予定になかったな」と大声で言った。それから天に向かって拳を振り上げて、笑い始めた。

徒刑囚が移動の身仕度を終えると、二、三十人ごとの集団に分かれて中庭の反対側

---

13 徒刑囚の肩に押された烙印を見たいからである。

の片隅に連れて行かれた。そこで彼らを待っていたのが、地面に長く伸びた綱である。この綱というのは長くて頑丈な鉄鎖で、そこに二ピエごとにより短い他の鉄鎖が横についていた。その端には四角い首枷が結びつけられ、それがひとつの角につけられた蝶番（ちょうつがい）によって開き、反対側の角で鉄のボルトで閉められるのだ。首枷は移動の間中、徒刑囚の首に固定される。綱が地面に長く伸びているさまは、まるで魚の大きな骨のようだ。

徒刑囚は泥の中、水をかぶった石畳の上に座らされた。首枷が試された。それから徒刑囚を担当する二人の鍛冶屋が持ち運びのできる鉄床を携え、鉄の塊をもちいて平然とその首枷を徒刑囚に取りつけた。どんなに豪胆な者でも青ざめるほど恐ろしい瞬間である。徒刑囚の背中に置いた鉄床を金づちで叩くのだが、その一撃ごとに受刑者の顎が揺れるのだ。前から後ろに少しでも動けば、くるみの殻のように頭蓋骨は砕け散るだろう。

この作業がすむと、徒刑囚は陰鬱な表情になった。聞こえるのはもはや鉄鎖が鳴る音だけだ。時おり、反抗的な者たちの手足を見張り人が棍棒で殴る鈍い音と、叫び声が聞こえてきた。泣き出す者もいた。老いた徒刑囚はぶるぶる震え、唇を嚙みしめていた。鉄の枠を嵌められたこの不吉な横顔を見て、私は恐怖に駆られた。

こうして医者の検査の後には獄吏の検査があり、獄吏の検査の後には鉄鎖を装着する作業が続く。この芝居は三幕からなるのだ。

再び日差しが出てきた。まるで徒刑囚の頭を熱くしてくれるようだ。痙攣に襲われたように、徒刑囚たちはいっせいに立ち上がった。五本の綱が彼らの手で繋ぎ合わされ、角灯を吊るした柱の周りで突然巨大な輪をなした。見ている者の目が疲れるほど、彼らはぐるぐる回った。そして嘆くような調子や、陽気で激しい調子で徒刑場の歌や隠語の恋歌を歌っていた。時おり、か弱い叫び声や、引き裂かれて喘ぐような笑い声が謎めいた言葉に交じるのが聞こえた。それから荒れ狂ったような喝采の音。規則正しくぶつかり合う鉄鎖の音が、その音よりも嗄れたこの歌の伴奏になっていた。魔女の夜宴の光景を想像するとすれば、まさにこれ以上ふさわしいものはないだろう。

中庭に大きな桶が運ばれてきた。見張り人が棍棒を使って徒刑囚たちの踊りをやめさせ、この桶まで連れて行った。その中には何か得体の知れない雑草のようなものが、何だか分からない汚ならしい湯気の立つ汁の中に浮かんでいた。彼らはそれを食べた。

食べ終わると、スープと灰褐色のパンの残りを石畳にぶちまけ、再び踊り、歌い始めた。鉄鎖を装着する日とその夜は、自由が与えられるらしい。

私はこの異様な光景を好奇心に駆られて貪欲なまでに、わくわくしながら、しかも注意深く観察したので、思わずわれを忘れてしまった。深い憐憫の情が私の臓腑にいたるまでつき動かし、徒刑囚の笑い声には涙を抑えられなかった。

深い夢想に耽っていたとはいえ、突然、喚き散らす人々の輪が止まり、静かになるのが見えた。それから皆の目が、私のいる窓のほうに向けられた。「死刑囚だ！　死刑囚だ！」と、私を指さしながら彼らが叫んだ。喜びの声が爆発した。

私は唖然として、その場に釘付けになった。

なぜ徒刑囚が私のことを知っていて、どうして私だと気づいたのか分からない。

「こんにちは！　さようなら！」と彼らは残忍な笑い声を立てながら叫んだ。終身の徒刑を宣告された、青黒く、てかてかした顔のごく若い男が私を羨ましそうに眺めて言った。「あいつは幸せだ！　首を刈られるんだから！　あばよ同志！」

私の心の中で何が起こっていたかは分からない。確かに私は彼らの仲間だった。グレーヴ広場はトゥーロンと姉妹だ。私は彼らよりもっと卑しい立場だった。だから彼らは私に敬意を表したのだ。私は身震いした。

そう、彼らの仲間！　数日後だったら、私もまた彼らにとって見世物になっていたかもしれない。

じっと身動きできず、麻痺したようになって私は窓辺にたたずんでいた。しかし五本の綱が不吉な親愛の情をこめた言葉を発しながら私のほうに向かって進み、押し寄せてくるのを目にした時、壁の下に、彼らの鉄鎖と、叫びと、歩みが立てる騒がしい音を聞いた時、この悪魔の群れが私のみじめな独房の壁をよじ登ってくるような気がした。私は叫び声を上げ、扉が破れるほど激しく体当たりした。しかし、逃げることはできない。閂は外側から掛けられていた。激しく扉を叩き、人を呼んだ。そして徒刑囚たちのぞっとするような声がいっそう近くで聞こえるように思われた。彼らの醜悪な顔がすでに窓辺に現われたような気がして、私は再び不安の叫びをあげた。そして気絶した。

14

意識が戻った時は、もう夜になっていた。私は粗末なベッドに寝かされていた。天井に吊るされた角灯の揺らめく光で、自分のベッドの両側に並んだ別の粗末なベッドが目に入った。医務室に運ばれたのだということが分かった。

私はしばらく目覚めた状態でいた。何も考えず、何も思いださず、ベッドに横たわるという幸福にひたすら身をゆだねていた。他の時だったら、施療院や監獄用のこんなベッドを見ただけで、嫌悪感とみじめさのためにぞっとしたことだろう。しかし私はもはやかつてのような人間ではない。シーツは黒ずんで、ごわごわしており、毛布は貧弱で穴があいていた。マットレスからは藁のにおいがした。だが、それがどうしたというのだ！　この粗末なシーツにくるまって、私は自由に手足を伸ばせるのだ。どんなに薄くてもこの毛布をかけていれば、自分が慣れっこになっていたあの骨の髄まで凍えるような恐ろしい寒さが少しずつ和らいでいくのが感じられた。——私は再び眠りに落ちた。

大きな物音がして私は目覚めた。夜が明けはじめていた。物音は外からだった。ベッドは窓際にあったので、私は起き上がって何だろうと目をやった。

窓はビセートル監獄の広い中庭に面していた。中庭では人だかりがしている。群衆の中で二列に並んだ古参兵が、苦労して中庭を突っきる細い道を空けさせようとしていた。この二列に並んだ兵士の間を、男たちを乗せた五台の長い荷馬車が石畳の上を揺れながらゆっくり進んでいた。出発する徒刑囚たちだった。

荷馬車には覆いがなく、徒刑囚の各集団がそれぞれの荷馬車に乗っていた。荷台の両側に、横向きで背中合わせに座り、荷馬車いっぱいに伸びる共通の鎖で隔てられている。鎖の端には見張りが立ち、装塡した銃をかかえて控えていた。徒刑囚たちを繫ぐ鉄鎖が音を立てた。荷馬車が振動するたびに彼らの頭が飛びはね、荷台からぶらさがる脚が揺れるのだった。

しみ込むようなこぬか雨のせいで大気は冷たく、灰色から黒に変色した麻のズボンが徒刑囚たちの膝に張りついている。長い顎ひげと短い頭髪から、雨がしたたり落ちていた。顔は紫色がかっていた。徒刑囚たちはぶるぶる震え、怒りと寒さで歯ぎしりしていた。しかも、動くことさえできない。ひとたびあの鉄鎖に繫がれてしまうと、徒刑囚の集団と呼ばれ、人はもはや、ひとりの人間のように動くあの醜悪な塊の一部にすぎないのだ。知性は放棄され、徒刑の首枷によって死を宣告される。動物的な側面について言えば、定まった時間にしか用便をすますことができないし、食欲を満たすことができない。こうして身動きもせず、大部分は裸同然で、帽子はかぶらず、足は荷台からぶらさげたまま、同じ荷馬車に積みこまれた徒刑囚は二十五日間の移動の旅を始めるのだった。灼熱の太陽が照りつける七月も、冷たい雨が降りそそぐ十一月も、同じ衣服を身につけている。まるで人々が、死刑執行人の務めを果たすために天候の助けを半分借りたがっているようだ。

群衆と荷馬車の間で、何か恐ろしい遣り取りが始まっていた。一方では罵声、他方では虚勢、そして両方から呪詛の言葉が放たれる。隊長が合図すると、荷馬車に乗せられた徒刑囚の肩や頭を兵士たちが棒で見境なく殴りつけ、すべてがあの秩序と呼ばれる表面的な平静さを取り戻した。しかしみじめな徒刑囚たちの目は復讐心にあふれ、拳は膝の上でひきつっていた。

馬に乗った憲兵と徒歩の見張りに警護された五台の荷馬車は、ビセートル監獄のアーチ形の高い門の向うにつぎつぎと消えていく。その後さらに六台目の荷馬車が続き、その荷台では釜と、銅製の飯盒と、替えの鉄鎖が雑然と揺れていた。酒保でぐずぐずしていた見張り番が数人出てきて、走りながら集団に合流した。群衆はちりぢりになり、これまでの光景が幻想のように消えた。フォンテーヌブローへと向かう石畳の道に響く車輪と馬の蹄のにぶい音、鞭が振り下ろされる音、鉄鎖がたてる金属音、そして徒刑囚たちの旅を呪う民衆の叫びが、しだいに弱くなり空に消えていった。[14]

そしてこれが、彼らにとっては始まりなのだ！　ああ、死刑のほうがずっとましだ！　弁護士はいったい何と言ったか。徒刑だって！　徒刑場よりは死刑台、地獄よりは無のほうがいい。徒刑囚の首枷よりギロチンに自分の首を差しだすほうがいい！　徒刑とは何たることか！

15

不幸なことに、私は病気ではなかったから、翌日には医務室を出なければならなかった。そして独房に戻った。

病気ではない！　実際私は若く、健康で、たくましい。血は血管の中を自由に流れ

14　徒刑囚はこうしてほぼひと月かけてトゥーロンに辿り着く。嫌悪と好奇心の入りまじった視線にさらされる彼らの行列は、道行く人々や町の広場に押しかける群衆にとって一種の見世物だった。ユゴーにとってこの光景はきわめて衝撃的で、後に『レ・ミゼラブル』第四部第三巻第八章で、ジャン・ヴァルジャンとコゼットに同じような場面に遭遇させている。

ているし、手足は思いどおりに動く。肉体も精神も頑丈で、長生きできそうだ。そう、確かにそうなのだ。ただ私には病、死にいたる病があり、それは他人の手によってなされる病である。

医務室を出てから、狂いそうなほど悲痛な思いに襲われた。あそこに残っていたら、私は脱走できたかもしれない。医者や看護の修道女は私のことを気づかっているように見えた。こんなに若くして死ぬなんて、しかも何たる死に方だろう！　まるで彼らは私に同情しているようだったし、枕元でかいがいしく看病してくれた。まあ、単なる好奇心かもしれない！　それにあの看病人たちは熱病を治してくれるものの、死刑を癒やすことはできない。ただ私を逃がすのは容易だろう！　扉を開けておけばいいのだから！　それが彼らにとって何だというのだろう。

今となっては、脱走の機会はない！　すべて規則どおりだから、上告は棄却されるだろう。証人は正しく証言したし、原告の弁論人はきちんと弁論したし、判事は正しい判決を下した。それがくつがえる見込みはないが、ただ……。いや、愚かなことだ！　もう希望はない！　上告は人を深淵の上に宙づりにする綱のようなもので、絶えずきしみ、やがて切れる。まるでギロチンの刃が六週間かけて落ちてくるようなものだ。

もし恩赦が得られたら？——恩赦を得る！　誰から？　なぜ、いかにして。私が恩赦をあたえられることはありえない。見せしめだ！　と彼らが言っているではないか。

ビセートル監獄、コンシエルジュリ監獄、グレーヴ広場。私が足を運ぶところはその三つしかない。

16

医務室で過ごした短い間、私は陽のあたる窓辺に座っていた——再び太陽が出ていたのだ。少なくとも、格子窓の柵から入ってくるだけの光を浴びていた。

重くて灼けるように熱い頭を、支えきれない両手でかろうじて支えながら、私はそこに座っていた。膝に両肘をつき、足は椅子の脚の桟にかけていた。あまりに疲労困憊していたので、手足の骨や身の筋肉がなくなってしまったように、私はからだを折り曲げてうずくまっていた。

監獄のすえたにおいが、かつてないほど息苦しかった。徒刑囚の鉄鎖の音がまだ耳にこびりついていて、ビセートル監獄には心底うんざりしていた。神様が私を憐れみ、正面の屋根の端でさえずる小鳥を一羽くらい送ってくれてもよさそうに思われた。私の願いを叶えてくれたのが神様なのか、それとも悪魔なのかは知らない。ほとんど同時に、窓の下から声が響いてくるのが聞こえた。鳥のさえずりではなく、もっといいことに、十五歳ぐらいの娘の澄んだ、さわやかでなめらかな声だった。びっくりして頭を上げ、娘が口ずさんでいる歌に耳を傾けた。ゆったりしたけだるげな曲、悲しい嘆きに似た鳩の鳴き声のような曲だった。歌詞は次のようなものだった。[15]

マイユ通りで
俺は捕まった、
　マリュレ、
三人の憲兵野郎に、
　リルロンファ・マリュレット、
飛びかかられた、

リルロンファ・マリュレ。

私の失望がどれほど深かったかは言い表わせない。声は続いた。

飛びかかられた、
マリュレ。
憲兵野郎は俺に手錠をかけた、
リルロンファ・マリュレット、
それから刑事がやって来た、
リルロンファ・マリュレ。
道で出会った
リルロンファ・マリュレット。

15　以下の歌詞には多くの隠語が交じっているが、一般的な日本語で訳す。ユゴーは犯罪者や民衆の隠語に強い関心を抱いていた作家であり、『レ・ミゼラブル』には隠語をめぐる考察を展開した有名な章が収められている。

その界隈の盗人、

　リルロンファ・マリュレ。

その界隈の盗人。

　マリュレ。

——行って俺の女房に伝えてくれ、

　リルロンファ・マリュレット、

俺は牢獄にぶち込まれたと、

　リルロンファ・マリュレ。

女房は怒って、

　リルロンファ・マリュレット、

俺に言う、あんたいったい何をしたんだ。

　リルロンファ・マリュレ。

俺に言う、あんたいったい何をしたんだ。

マリュレ。
——俺は男をひとり殺した、
　リルロンファ・マリュレット。
そいつの金を奪った、
　リルロンファ・マリュレ、
そいつの金と時計を、
　リルロンファ・マリュレット、
それからそいつの靴の留め金も、
　リルロンファ・マリュレ。
それからそいつの靴の留め金も、
　マリュレ。——
女房はヴェルサイユに向かう、
　リルロンファ・マリュレット、
国王陛下の足下に、

リルロンファ・マリュレ。
嘆願書を一通たてまつる、
リルロンファ・マリュレット、
俺を牢獄から出すために、
リルロンファ・マリュレ。

俺を牢獄から出すために、
マリュレ。
——ああ！　俺がそこから出られたら、
リルロンファ・マリュレット、
女房を着飾らせてやろう、
リルロンファ・マリュレ。
髪飾りを付けさせてやろう、
リルロンファ・マリュレット、
それに埃除けの木靴も、

リルロンファ・マリュレ。
それに埃除けの木靴も、
マリュレ、
しかし国王陛下は立腹して、
リルロンファ・マリュレット、
言う――何がなんでも、
リルロンファ・マリュレ、
あの男にダンスを踊らせてやろう、
リルロンファ・マリュレット、
床板のない所で、
リルロンファ・マリュレ。――

それ以上は聞こえなかったし、聞いてもいられなかっただろう。この恐ろしい哀歌のなかば分かり、なかば不明の意味、盗賊と憲兵との闘い、盗賊が出会って、自分の妻のもとに送り込む盗人、俺は男をひとり殺して、捕まったという意味の「俺は樫の木に汗をかかせ、あげられてしまった」というぞっとするような伝言、嘆願書をもってヴェルサイユに駆けつける妻、そして立腹して、犯人に床板のない所でダンスを踊らせるぞと脅す国王陛下。もっとも穏やかな曲にのせてこれを歌っているのは、かつて人の耳に響いたもっとも穏やかな声なのだ！……私は悲痛な思いにとらわれ、凍りつき、打ちひしがれた。真っ赤でさわやかな口から発せられるこのおぞましい歌詞には、嫌悪感をもよおした。薔薇の花にナメクジの粘液がついているようなものだった。

その時感じていたことを言い表わすことはできない。傷つくと同時に、癒やされていた。巣窟と徒刑場の特殊な言葉遣い、あの血に染まった醜悪な言語、子供の声から女の声に優雅に移り変わろうとする娘の声と結びついたあのいまわしい隠語！　でき損ないの醜い言葉、しかも歌われ、一定の調子をそなえ、入念に仕上げられた言葉！

ああ、監獄とはなんとおぞましい所だろう！　そこではすべてが毒で汚される。すべてが色褪せる、十五歳の少女の歌さえも！　そこに鳥がいても、翼には泥がついている。美しい花を摘んで、匂いを嗅げば、花からは悪臭がただよう。

17

おお！　もし脱走できたら、野原を駆け抜けるだろう！

いや、走ってはいけない。人目について疑われてしまう。むしろ顔を上げて、歌いながらゆっくり歩くべきだ。赤い模様のついた青い古ぼけた上っ張りを手に入れよう。そうすればうまく変装できる。近郊の野菜作り農民は皆それを身につけている。

アルクイユ[16]の近くでは沼のそばに樹木の茂みがあって、私は中等学校に通っていた頃、毎週木曜日に仲間と連れ立ってその沼に蛙をとりに行ったものだった。そこに夜まで隠れよう。

日が暮れたらまた歩き始めよう。ヴァンセンヌ[17]へ行こう。いやだめだ、川が邪魔になる。アルパジョン[18]に行こう。――サン＝ジェルマン[19]方面に向かい、ル・アーヴル[20]ま

16　パリの東郊外の町。
17　パリ東部、広大な森がある。
18　パリの南東三十キロほどに位置する町。

で足を延ばしてイギリス行きの船に乗ったほうがいいかもしれない。——どこだっていいさ！　ロンジュモー[21]に到着する。すると憲兵が通りかかり、私に通行証を見せろと言う……。それで万事休すだ！

ああ！　哀れな夢想家よ、お前を閉じ込めている三ピエもある分厚い壁をまず打ち壊せ！　そうでなければ死だ！　死だ！

ほんの子供の頃、ここビセートル監獄に大きな井戸と狂人たちを見物しにやって来たことを思うと、ああまったく！

18

こうしたことを書いている間に、ランプの光が弱くなり、夜が明け、礼拝堂の大時計が六時を告げた。

どういうわけだろう、見張りの看守が私の独房に入ってきた。縁なし帽を脱ぎ、私に挨拶をし、邪魔して申し訳ないと謝り、その荒々しい声をできるかぎり和らげて朝食は何がほしいかと尋ねた……。

私はぞっとした。——死刑執行は今日なのか。

19

今日なのだ！

典獄みずから、先ほど訪ねてきた。何か助けになれるか、役に立てるかと尋ね、私が彼や部下に満足してくれれば嬉しいと言った。そして私の健康状態や、どのようにして夜を過ごしたかを興味深そうに訊いてきた。別れしなに、私をムッシューと呼んだくらいだ！

今日なのだ！

19　パリの西二十キロほどに位置する町。
20　フランス北西部の港町。
21　パリの南西二十キロほどに位置する町。

20

牢番は、私が彼やその手下たちに不満をいだいている、などと思っていないし、それはもっともだ。不平を言ったら、私のほうが悪いということになるだろう。彼らは自分の職務を果たしただけで、私をよく見張っていた。私が着いた時も発った時も、礼儀正しかった。私は満足すべきではないだろうか。

この善良な牢番はやさしい微笑を浮かべ、言葉は穏やかで、目はへつらうと同時に監視し、手は大きく幅が広い。まさに監獄そのもの、ビセートル監獄の化身だ。私の周りではすべてが監獄だ。監獄はあらゆる形をとって姿を現わす。人間の形だったり、鉄柵や閂の形だったりする。壁は石の監獄であり、扉は木の監獄であり、看守たちは肉と骨をそなえた生身の監獄そのものである。監獄はいわば恐ろしい、完全で分離不可能な存在、なかば家、なかば人間であり、私はその餌食にほかならない。監獄は卵を抱くように私を抱き、あらゆる襞(ひだ)で私を包みこむ。花崗岩(かこうがん)の壁のなかに私を幽閉し、鉄の錠前の下に私を閉じこめ、牢番の目を使って私を監視する。

ああ！　哀れなことだ！　私はこれからどうなるのだろう。彼らは私をどうしようというのだろう。

21

今は冷静だ。すべて終わった、確かに終わったのだ。典獄がやって来たせいで感じた恐ろしい不安からも、私は抜け出た。というのも、告白するが、あの時は私はまだ希望をもっていた。――だが今はありがたいことに、もう希望はもっていない。

つい先ほどこんなことがあった。

大時計が六時半を告げた時――いや六時十五分だった――独房の扉が再び開いて、褐色のフロックコートをまとった白髪の老人が入ってきた。老人はコートの前を少しはだけた。スータンと胸飾りが目に入った。司祭だった。

その司祭は監獄付の教戒師ではなかった。だからいっそう不気味だった。

司祭は私と向き合って座り、やさしい微笑みを浮かべていた。それから頭を振り、目を空に、つまり独房の天井に向けた。私は悟った。

「準備はできていますか」と彼は私に言った。

かぼそい声で私は答えた。

「準備はできていませんが、覚悟はしています。」

とはいえ私の視野は曇り、全身の毛穴から冷たい汗がいっきに噴き出た。こめかみが脹れあがり、ぶんぶん耳鳴りがした。

私が眠ったように椅子の上で揺れている間、善良な老人は話し続けていた。少なくともそんな気がした。老人の唇が動き、手が揺れ、目が光っているのが見えたことは覚えている。

扉が再び開いた。門の音で私は自失状態から我にかえり、老人は話をさえぎられた。典獄に伴われて黒い燕尾服を身につけた紳士風の男が姿を現わし、私に深々と礼をした。男の顔には、葬儀屋に見られるようなもったいぶった陰気さに似たものが表われ、手には巻いた紙片をもっていた。

「私はパリ王立裁判所付の執達吏です」と、男は慇懃な微笑をうかべて言った。「検事総長殿からの通達をもって参りました。」

当初の動揺は過ぎ去り、平静さが戻っていた。私は彼に答えた。

「私の首をこれほど執拗に要求しているのは、検事総長殿なのですね。私に通達を下さるというのは、なんとも名誉なことです。私が死ねば、検事総長殿はとても喜んでくださるのでしょうね？　私の死をこれほど熱心に求めたのに、死んでも無頓着となれば、考えるだけでも辛いですから。」

私はこう言って、しっかりした声で続けた。

「お読みください。」

執達吏は長い文書を読み始め、言葉の途中ではためらいがちに、そして行の最後では歌うような調子になった。私の上告は棄却されていた。

「判決は本日、グレーヴ広場において執行されます。」執達吏は読み終えると、公文書から目も上げずに言い添えた。「七時半ちょうどにここを出て、コンシエルジュリ監獄[22]に向かいます。私といっしょに来ていただけますね？」

さきほどから、書記の言葉は耳に入らなかった。典獄が司祭と話していた。執達吏

22　パリ中心部、シテ島の裁判所に隣接した監獄で、死刑執行が近づくと死刑囚はビセートル監獄からここに移送される。コンシエルジュリ監獄には革命時代、断頭台に送られる前のルイ十六世や王妃マリー＝アントワネットも幽閉された。

は公文書から目を離さなかった。私は半開きの扉を見つめていた。——ああ、ひどい話だ！　廊下には射撃兵が四人もいる！

執達吏が今度は私を見て、問いを繰りかえした。

「いつでも、お好きな時に！」と私は答えた。

「半時間後に迎えに参ります」と彼は言いながら、私に会釈した。

そして皆出ていった。

ああ、逃げだす手段があれば！　なにか手段があれば！　脱走したい！　そうしなければならない！　今すぐに！　扉からでも、窓からでも、屋根組みからでも！　梁の間を通り抜けた後に、自分の肉体の一部を残すことになっても！

おお、なんという怒り！　悪魔！　呪われろ！　いい道具があってもこの壁を突き破るには数か月必要だろう。それなのに私には釘一本ないし、一時間と残されていないのだ！

22

コンシエルジュリ監獄から

調書の言葉を借りるならば、私はこうして移送された。

移送のことは語るに値するだろう。

大時計が七時半を告げた時、私の独房の入り口に執達吏がまた姿を見せた。「迎えに参りました」と彼は言った。――ああ、執達吏だけでなく、他の者たちまでいる！

私は立ち上がって一歩踏み出したが、二歩は踏み出せない気がした。それぐらい頭が重く、脚は弱っていたのだ。それでも気を取り直して、かなりしっかりした足取りで歩を進めた。独房を出る前に、最後の一瞥を注いだ。――独房が好きだった。――私が出た後は空になり、扉は開いたままだった。そうなると独房は奇妙なものである。

もっとも、独房が空なのは長い間のことではない。鍵を保管する牢番が言うには、今夜にも誰かが入ってくるようだ。その時まさに重罪裁判所で宣告を受けていた死刑囚である。

廊下の曲がり角で、教戒師がいっしょになった。彼は朝食を食べ終えたばかりだった。

牢獄を出ようとする際、典獄が親しみをこめて私の手を握り、四人の古参兵を護送隊に加えた。

医務室の扉の前で、瀕死の老人が「また会おうぜ！」と私に向かって大声で言った。

私たちは中庭に到着した。深呼吸をすると、気持ちが良かった。

外を歩いたのは長い時間ではなかった。駅馬をつないだ一台の護送馬車が、最初の中庭に止まっていた。私をここに連れて来たのと同じ護送馬車だ。一種の細長い二輪馬車で、まるで編んだように分厚い鉄線の格子が横にわたされて、二つの部分に分かれている。二つの部分のそれぞれに扉があり、一方は馬車の前方に、他方は後方についている。護送馬車全体がひどく汚く、真っ黒で、埃っぽいので、これと比べれば貧民の霊柩車でさえ祝典用の立派な馬車に見えるだろう。

この二輪の墓の中に収まる前に、中庭に視線を注いだ。壁でも崩れ落ちそうなほどの絶望的な視線である。木立のあるこぢんまりした広場のような中庭は、徒刑囚が出発した時以上に多くの見物人でごった返していた。すでに群衆が集まっていたのだ！　鉄鎖に繋がれた徒刑囚たちが発った日のように、季節特有の冷たい小ぬか雨が降っていた。私がこの手記を書いている今も雨は降っているし、おそらく今日は一日中降り続くだろう。この雨は私が死んだ後も降り続けるだろう。

道は崩れて、中庭は泥水だらけだった。群衆が泥水に浸かっているのを目にして嬉しかった。

私たちは護送馬車に乗った。執達吏と憲兵は前方に、司祭と私ともうひとりの憲兵が後方に陣取った。馬車の周りには、騎乗した四人の憲兵が控えていた。つまり、御者を除いて八人の男でひとりの男を見張っていたことになる。

私が護送馬車に乗りこんでいる間、灰色の目をした老婆が「鉄鎖よりこっちのほうがいいね」と言っていた。

それも分かる。こちらのほうがより簡単に全体を見渡せる見世物だし、より早く見られる。徒刑囚の鉄鎖と同じくらい見映えがするし、ずっと手っ取り早い。気が散ることもない。相手はひとりだし、その男ひとりで、徒刑囚全員が同時に背負うのと同じくらいの悲惨さを背負うのだから。見世物としてより凝縮されている。濃縮された酒のようなもので、はるかに味が良いのだ。

護送馬車が動き出した。大扉のアーチ形天井の下を通る時、鈍い音を立て、やがて並木道に出た。ビセートル監獄の重い扉がその後ろで閉まった。昏睡状態に陥った男が手足を動かすことも、叫び声をあげることもできずに、自分が埋葬される音を耳にするように、私は馬車で運ばれるのを茫然と感じていた。駅馬の首に取りつけられた数多くの鈴が調子よく、まるでしゃっくりのように鳴り響く音、鉄のついた車輪が敷石の上でたてる音、あるいは轍を変える時に車体にぶつかる音、護送馬車の周りを進む憲兵たちが乗る馬のよく響くギャロップ、御者が打ち鳴らす鞭の音などを私はぼんやり聞いていた。それはすべて、私をさらっていく突風のように思われた。

目の前に穿たれていた覗き窓の格子越しに、ビセートル監獄の大扉の上に大きな文字で彫られていた「老人救済院」という一句が、思わず私の目を引きつけた。

「おや、あそこで年をとる人もいるらしい」と私は独りごちた。

覚醒と眠りのはざまでそうするように、苦悩で麻痺した心の中で私はこの考えを反芻していた。突然、護送馬車が並木道から大通りに出て、小窓から見える光景が変化した。ノートル＝ダム大聖堂の塔が見えてきた。塔は青く、パリの霧の中にかすんでいた。たちまち、私の精神の光景も変わった。私は護送馬車のような機械になっていた。ビセートル監獄への思いの後には、ノートル＝ダム大聖堂の塔への思いが続いた。――旗が掲げられているあの塔に上れば周りがよく見えるだろう、と私は愚かしくにやにやしながら考えた。

司祭が私にまた話しかけてきたのはちょうどその時だったと思う。私は我慢して、喋らせておいた。すでに耳には車輪の音、馬のギャロップの音、そして御者の鞭の音が響いていた。物音がひとつ増えただけのことだった。

私は単調な言葉の奔流をじっと聞いていた。その言葉は泉のせせらぎのように私の思考をまどろませ、大通りのねじれた楡の木のようにどれも異なっているが、どれも同じように過ぎていった。その時、護送馬車の前方に座っていた執達吏の短く不規則な声が突然響いてきて、私を揺さぶった。

「ところで司祭さま、何か目新しいことをご存知ありませんか」と、彼はほとんど陽気な口調で尋ねた。

そんなふうに言いながら、執達吏は司祭のほうに振り向いた。

絶えず私に話しかけ、護送馬車の音でほかのものが聞こえなくなっていた教戒師は、返答しなかった。

「ああ、まったく！　地獄のようなひどい馬車だ！」と、執達吏は車輪の騒音に負けまいと声を張りあげて続けた。

地獄のような！　まさにそうだ。

彼は言葉を継いだ。

「きっと馬車の揺れのせいだ。何を言っているか聞こえやしない。何を言おうとしていたのかな。司祭さま、私は何の話をしていましたかね。――ああ、そうだ！　今日のパリの大事件をご存知ですか。」

彼が私のことを話しているような気がして、身震いした。

「いや、知らないな」ようやく執達吏の言葉が聞こえた司祭が答えた。「今朝は新聞を読む暇がなかったのでね。今晩読みましょう。こんなふうに終日忙しい時は、新聞を保管しておくよう門番に頼んでおくのだよ。帰宅してから読むから。」

「へえ、そうですか」と執達吏が言った。「司祭さまが知らないなんて、ありえませんよ。パリの事件ですよ！　今朝の事件ですよ！」

私が口をはさんだ。「私は知っているように思います。」

執達吏が私を見た。

「あなたが！　本当ですか！　それなら、どう思いますか。」

「ほんとうに好奇心の強い人ですね！」と私は言った。

「どうしてです？」と執達吏が言い返してきた。「誰にも政治的な意見があります。あなたにそれがないと思うほど、私はあなたを見くびってはいません。私自身は、国民軍を復活させることに大賛成です。私は中隊の軍曹をしていましたし、確かにとても快い地位でした。」

私は執達吏の言葉をさえぎった。

「事件というのがそのことだとは思っていませんでしたよ。」

「では、何のことだと思っていたのですか。事件を知っていると言っていましたが……」

「今日パリの人間が関心をいだいている別の事件の話でした。」

愚か者の彼には理解できなかったので、好奇心が目覚めた。

「別の事件ですって？　いったいどこで知ったのですか。お願いですから、何の事件か教えてください。司祭さまは何かご存知ですか。私よりも事情に通じていますか。

お願いですから教えてください。何の事件ですか。――お分かりでしょう、私は事件の話が好きです。裁判長殿に語ってやります、面白がりますので。」

そしてさらに戯言(ざれごと)をいろいろ続けた。司祭と私のほうに交互に顔を向けたが、私は肩をそびやかしただけだった。

「それで、あなたはいったい何を考えているのですか」と、彼は私に訊いた。

「今夜になったら自分はもう何も考えないだろう、と考えています」と私は答えた。

「ああ、そんなことですか！　やれやれ、あなたは陰気すぎますよ！　カスタンさんはお喋りしていました」と彼は言い返した。

それから一瞬黙った後で、言葉を継いだ。

「私はパパヴォワーヌさんを連行しました。あの人はカワウソの毛皮帽をかぶり、葉巻を吸っていましたよ。ラ・ロシェルの青年たちはひそひそ話しかしませんでしたが、とにかく話していました。」

執達吏は再び一呼吸置いて、さらに続けた。

「狂人たちでした！　狂信家たちでした！　誰彼なく皆を軽蔑しているようでした。他方お若いあなたときたら、ずいぶん物思いに耽るのが好きな方ですね。」

「お若い！　私はあなたより年上ですよ。十五分経つごとに、私は一年ずつ老けていくのです。」

彼は振り向くと、呆(ほう)けた驚きの表情を浮かべながら少しの間私を見つめた。それから不器用に、にやにや笑いだした。

「冗談でしょう、私より年上だなんて！　私はあなたのお祖父さんぐらいの年ですよ。」

「いや冗談ではありません」と、私はまじめに答えた。

彼は煙草入れを開いた。

「さあ、あなた、怒らないでください。煙草を一服いかがですか。私を恨まないでください。」

「ご心配なく。あなたを長く恨んでいる時間は私にはありませんから。」

その時、彼が手に持っていた煙草入れが私たちを隔てていた格子に当たった。護送馬車が揺れたせいで、煙草入れがかなり激しく格子にぶつかり、蓋が開いたまま憲兵の足下に落ちた。

「いまいましい格子だ！」と執達吏が大声で言った。

彼は私のほうを向いた。

「まったく、私は運が悪いですね。煙草が台無しです！」

「私が失うものはあなた以上に大きいですよ」と、微笑みながら私は答えた。

執達吏は何かもぐもぐつぶやきながら、煙草を拾おうとした。

「私よりも失うものが大きいですって！　口で言うのは簡単です。パリまで煙草なしで過ごすなんて！　ひどい話だ！」

　すると教戒師が慰めの言葉をかけた。私がそのことに気を取られていたかどうか分からないが、はじめ私がかけてもらった励ましの言葉の続きのように感じられた。司祭と執達吏の間でしだいに会話が弾むようになった。私は二人に勝手に喋らせておき、自分のことを考え始めた。

　パリの市門[23]に近づいても、私は相変わらず物思いに耽っていたにちがいない。ただパリがいつにもまして騒がしいように感じられた。

　護送馬車は入市税徴収所の前でしばらく止まった。市の税関吏が馬車を調べた。これが屠畜場に運ぶ羊や牡牛だったら、彼らに金を支払わなければならなかった。だが人間の首に税金はかからない。私たちは門を通過した。

大通りを過ぎると、馬車は速足でサン＝マルソー地区とシテ島の古い曲がりくねった路地に入りこんだ。蟻塚の無数の小道のようにうねうねと続き、交差する路地である。この狭い通りの敷石の上を進むと、護送馬車は騒々しくて速い音をたてるので、外の物音はもはや何ひとつ聞こえなかった。四角い小窓から目を外に向けると、大勢の通行人が立ち止まって護送馬車を見つめ、子供の群れが後について走っているような気がした。十字路のあちこちでぼろ着をまとった男や老婆が、時には二人一緒にいるのが見えるように思われた。彼らは手に新聞の束を抱え、通行人がそれを争うように買い求め、まるで大きな叫び声をあげようとするかのように口を開けていた。

私たちがコンシエルジュリ監獄の中庭に着いた時、裁判所の大時計が八時半を告げた。あの大階段、黒い礼拝堂、そして気味悪いくぐり戸を見て私はぞっとした。護送馬車が止まると、自分の心臓の鼓動も止まるような気がした。

私は力をふりしぼった。護送馬車の扉が稲妻のようにさっと開いた。私は動く独房から地面に跳び下り、二列に並んだ兵士たちの間を大股で通って、アーチ形の門をく

23　当時のパリは城壁で囲まれていて、外部からはいくつかの市門を通って町に入った。

ぐった。私の通り道には、すでに人々の群れができていた。

23

裁判所の公共回廊を歩いている間は、自分がほとんど自由で、くつろいでいるように感じた。しかし目の前に低い扉や、秘密の階段や、内部の廊下や、息の詰まるような長い回廊が現われると、私の決意はすべて吹き飛んだ。そこには死刑の宣告をくだす者か、死刑の宣告をくだされた者しか入れないのだ。

執達吏は相変わらず私といっしょだった。司祭のほうは用事があるというので立ち去り、二時間後にまた戻ることになっていた。

コンシエルジュリ監獄の典獄室に連行された私は、そこで執達吏から典獄の手に引き渡された。ここで交換が行なわれることになっていた。典獄は執達吏に少し待ってくれと頼み、渡す獲物があるから、それを帰りの護送馬車でビセートル監獄まですぐ連れて行ってほしいと告げた。きっと今日判決をくだされた死刑囚だ。私が擦り減らす暇もなかったあの藁の上で今晩寝ることになる。

「承知しました」と執達吏が典獄に言った。「少し待ちます。二人分の調書を一度に作成しましょう。ちょうどよかった。」

その間、私は典獄室と隣合った小部屋に入れられた。しっかり閂を掛けられたうえで、そこにひとり放っておかれた。

自分が何を考えていたのか、どれくらいの時間そこにいたのかも分からない。突然、けたたましい笑い声が耳に響いて、私は夢想から覚めた。

目を上げて、身震いした。小部屋にいたのは私ひとりではなかったのだ。もうひとり男がそこにいた。年は五十五歳ほどで中背、皺が寄り、背は曲がり、白髪まじりである。手足はずんぐりし、灰色の目は斜視で、顔には苦笑いを浮かべている。不潔で、ぼろをまとい、なかば裸で、見るもぞっとするような男だった。

私が気づかないうちに扉が開いて、この男が放り込まれ、それからまた閉じたらしい。死もこんなふうに訪れるといいのだが！

男と私は数秒間、じっと見つめ合った。男は喘ぎに似た笑い声を長く響かせ、私のほうはなかば驚き、なかば恐怖に駆られて。

「誰ですか？」と、私はようやく尋ねた。

「妙な質問だな！」と男は答えた。「フリオーシュさ。」[24]

「フリオーシュ！　それはどういう意味ですか。」

こう問いかけると、男はいっそう陽気になった。

「それはな」と男は大笑いしながら叫んだ。「死刑執行人が六週間経ったら俺の首をちょん切るということさ。六時間後にお前の首を刎ねるようにね。——ははは！　お前にもようやく分かったようだな。」

実際、私は真っ青になり、髪の毛が逆立っていた。それはもうひとりの死刑囚、その日の死刑囚、ビセートル監獄が私の後釜として待っている男だった。

男は続けた。

「しかたないね。俺の身の上話を聞かせてやろう。俺は立派な盗人の息子さ。死刑執行人が親父を縛り首にしたのは、残念なことだ。神の御心で、まだ絞首刑の時代だった。六つの時には、親父もお袋もいなかった。夏には道端の砂埃の中でとんぼ返りを見せて、駅伝馬車の扉から金を恵んでもらったものさ。冬は裸足で泥の中を歩き、真っ赤になった指に息を吹きかけた。ズボンの破れ目から股が見えていた。九つの時に盗みを始めた。時々、人の懐からくすねたり、マントを盗んだりした。十の時には、一人前のペテン師になっていた。それから仲間ができて、十七の時には強盗で、店に押し入り、錠前をねじ曲げた。それで捕まった。それなりの年だったから、ガレー船に送りこまれて船を漕ぐことになった。徒刑というのは過酷なんだ。板の上に寝て、真水を飲んで、黒いパンを食べ、何の役にも立たない馬鹿な鉄の玉を引きずるんだから。何かというと棒で殴られるし、日差しはきつい。しかも丸坊主にさせられる、美しい栗色の髪だったこの俺がだ！　まあ、いいさ！……もう刑期は終えたんだ。十五年、臭い飯を食ったことになる！　三十二になっていた。ある朝、通行証と、十五年間の漕役刑で貯まった六十六フランの金をもらった。毎日十六時間、一か月に三十日、一年に十二か月働いて貯まった金さ。まあ、それはどうでもいい。俺はこの六十六フランで、まっとうな人間になろうと思った。襤褸(ぼろ)の下には、司祭のスータンの下にあるよりも立派な善意があふれていた。ところが通行証ときたら！　黄色で、そこには、放免徒刑囚と書かれていた。それを通る先々で見せなければならないし、村に住むことになると、一週間ごとに村長のところに出向いて確認してもらう必要がある。立派

24　破棄院に上告した死刑囚。

な推薦状さ！　徒刑囚なんだから！　みんな俺を怖がって、小さな子供は逃げ出してしまう。住民は家の門を閉じ、誰も俺に仕事をくれようとしない。俺は六十六フランを食い潰した。とにかく生きていかなければならない。仕事に向いた腕っぷしの強さを見せたが、扉は閉められた。一日十五スーで、それから十スーで、いや五スーでもいいからと仕事を求めた。何もなかった。どうすりゃいいんだ。ある日、腹がすいたので、パン屋のガラス窓を肘で突き割って、パンを一個つかみ取った。そしたらパン屋につかまった。パンは食べなかったが、終身徒刑を喰らって、肩に三文字の烙印を押された。――見たければ見せてやるよ。こういう裁きを再犯と呼ぶんだ。こうして俺は徒刑場に戻ることになった。トゥーロンの徒刑場に入れられ、今度は終身刑の緑の帽子をかぶらされた。脱走しなければならなかったし、そのためには壁を三つ突き破り、鎖を二つ断ち切るんだが、俺には釘が一本あった。こうして俺は脱走した。警報の大砲が撃ち鳴らされた。俺らは赤い衣をまとったローマの枢機卿みたいなもので、出る時は大砲が撃ち鳴らされるんだ。だが火薬の無駄使いで、俺はうまく脱走できた。今度は黄色い通行証はないが、金もない。そのうち、刑期を終えた、あるいは鎖を断ち切った仲間と出会った。その頭領が自分たちの一味に加わらないかと俺にすすめた。

街道で人殺しをしていたのだ。俺は一味に加わり、生きるため人を殺し始めた。乗合馬車や、駅伝馬車や、馬に乗った牛商人を襲った。金を奪い、馬や馬車は逃げるにまかせ、殺した人間を木の下に埋めて、足が地表に出ないようにした。それから墓穴の上で踊りまわって、地面の土が最近掘り返されたことが分からないよう細工した。俺はこんなふうにして齢を重ねた。木の茂みで暮らし、野外で眠り、森から森へと追い立てられたが、少なくとも自由で気ままだった。だが何事にも終わりというものがある。俺の生活も同じだった。ある晩、俺たちは憲兵に捕まった。仲間の連中は逃げられたが、俺はいちばん年寄りで、あの金筋入りの帽子をかぶった猫どもの爪に取り押さえられたんだ。そしてここに連れて来られた。俺は梯子の段をすべて通過し、残っているのはひとつだけだ。ハンカチを盗むのも人を殺すのも、その時の俺にとっては同じだった。俺に適用される再犯がまたひとつ増えただけのことさ。あとはもう、死刑執行人の手に渡されるだけだった。俺の裁判はすぐに終わった。そうさ、俺は年をとり、もう何の役にも立たなくなった。親父は絞首刑になったが、俺のほうはギロチン刑になるというわけさ。――これが俺の身の上だ。[25]」

私は茫然としながら男の話を聞いていた。男は始めた時よりいっそう大きな声で笑いだし、私の手をつかもうとした。私はぞっとして後じさりした。

「友よ」と彼は言った。「お前は勇気が足りないようだな。死を前にして臆病風を吹かせるな。分かるかい、グレーヴ広場では辛い時を過ごすことになるが、それもすぐに終わるさ！ その場にいて、お前に俺の宙返りを見せてやりたいもんだ。なんということだ！ 今日お前といっしょに俺もギロチンにかけてもらえるんだったら、上告しないほうがいいな。同じ司祭が俺たち二人の面倒をみてくれる。お前のおこぼれをいただいてもかまわないんだ。俺はいい奴だろう！ さあどうだい、仲良くしようぜ！」

男はさらに一歩踏みだして、私に近づいた。

「いや、結構です」と答えて、私は彼を押しのけた。

この答えを聞いて、男はまた笑いだした。

「はあ、気位が高いな。あんたは侯爵か！ 侯爵さまだな！」

私は男の言葉をさえぎった。

「あなた、私はじっくり考え事をしたいのです、ほっといてください。」

私の言葉が生真面目だったので、男のほうも急に思案顔になった。白髪まじりの、ほとんど禿げた頭を振った。それから、はだけたシャツの下で剝き出しになった毛深い胸を爪で引っ掻きながら、もぐもぐつぶやいた。

「ああ、分かった。つまり司祭みたいにだな！……」

それからしばらく黙った後で、ほとんどおずおずしたようすで言った。

「さあ、あんたは侯爵だ。それもいいだろう。とはいえあんたは、もうたいして役に立たない立派なフロックコートを着ている！　死刑執行人に巻き上げられるのがおちだ。俺にくれ、それを売って煙草代にするから。」

私はフロックコートを脱いで、男にあげた。男は子供のように喜んで、手をたたいた。それから私がシャツ一枚で、寒さに震えているのを見て言った。

「あんた、寒いようだな。これを着たらいい。雨が降っているから、濡れるよ。荷馬車[26]ではちゃんとした格好をしなくちゃな。」

そう言って男は灰色のウール製の分厚い上着を脱いで、私の腕に持たせた。私は男

25　男の語る身の上話には、当時の犯罪者が使用する隠語、俗語がふんだんに使用されているが、邦訳では一般的な日本語に移し替えた。

26　コンシエルジュリ監獄から死刑が執行されるグレーヴ広場までは、無蓋の荷馬車で運ばれる。

のなすがままに任せた。

それから私は壁に寄りかかった。この男が私にどれほど強い印象をもたらしたか、言葉では言い表わせない。私があげたフロックコートを男は吟味しはじめて、しきりに喜びの叫び声をあげた。

「ポケットは真新しいな！　襟も擦りきれてない！　——少なくとも十五フランにはなりそうだ。何という幸運！　これから六週間分の煙草が手にはいるぞ！」

扉が再び開いた。われわれ二人を迎えに来たのだ。私は死刑囚がその時を待つ部屋に連れて行かれるし、男のほうはビセートル監獄に連行される。連行する護送隊の真ん中に男は笑いながら身を置くと、憲兵たちに言っていた。

「さあ、間違わないでくれ。旦那と俺は上着を取り替えたんだ。旦那の代わりに俺を連れていかないでくれ。まったく、煙草代が手にはいったんだから、旦那と間違われたら具合が悪いんだ！」

24

あの老いぼれの極悪人は私からフロックコートを奪った。私は彼にあげたわけではないのだから。そして男は私にこのぼろ着、薄汚い上着を残していった。私はこれからどんなふうに見えるのだろう。

無頓着や慈愛心から、私はあの男にフロックコートを奪われるままにしたわけではない。そうではない。あの男が私より強かったからだ。私が拒んだら、あの男は大きな拳を振りあげて私を殴りつけただろう。

ああそうだ、慈愛心なんか！ あの時私は悪意に満ちていた。できるものなら、老いぼれの泥棒をこの手で絞め殺してやりたかった！ 足で踏みつけて粉々にしてやりたかった！

自分の心が憤怒と苦痛でいっぱいになるのを感じる。怒りの袋が破れてしまったような感じだ。死刑が近づくと、人間は邪悪になるものだ。

25

私は四方に壁しかない独房に連行された。もちろん窓には多くの格子が嵌められ、扉には多くの閂が取り付けられている。

テーブル、椅子、そして書き物に必要なものがほしいと頼んだ。すべて持ってきてくれた。

それからベッドを要求した。看守は「何のためだ？」というように、驚いた目で私を見つめた。

それでも片隅にベッドを置いてくれた。それと同時に憲兵がひとり、私の部屋と呼んでいる独房に腰を据えた。私が布団で自分の首を絞めるかもしれないと、彼らは心配しているのだろうか。

26

十時だ。

おお、哀れな幼い娘よ！　あと六時間すれば私は死ぬ！　そして汚らわしいものになって解剖室の冷たい台の上に横たえられる。頭は型を取られ、胴体は解剖される。残りの部分は棺いっぱいに入れられ、まとめて全部クラマールの墓地に送られる。

あの男たちは、お前の父親をそんなふうにするのだ。彼らの誰ひとり私を憎んでいないし、皆私に同情し、その気になれば皆私を救える。それなのに彼らは私を殺すのだ。マリー、お前にはそれが分かるか。良かれと思って、冷静に仰々しく私を殺すのだ！　ああ、何ということだ！

哀れな娘よ！　お前をあれほど愛していた父、お前のか細く白い、かぐわしい香りのする首に接吻した父、絹のようなお前の巻き毛に絶えず手をやり、お前のきれいな丸い顔を手で包みこみ、お前を膝の上であやし、夜になればお前の小さな二つの手を合わせて神様にお祈りさせた父！

これから誰がお前にそうしてあげるのだろう。誰がお前を愛してあげるのだろう。お前くらいの年の子供にはみんな父親がいるのに、お前にだけはいない。わが娘よ、正月や、お年玉や、かわいい玩具や、ボンボンや、接吻をお前はどんなふうにして諦めるのか。——哀れな孤児よ、お前はどんなふうにして飲み物や食べ物なしですませられるのか。

おお！ あの陪審員たちがせめて、私のかわいくて幼いマリーの姿を見てくれたなら！ 三歳の子供の父親を殺してはいけないということが、彼らにも分かったはずだ。

娘が大きくなったら、それまで生きるとしてだが、いったいどうなるのだろう。父親はパリの人々の記憶に残るひとりになるだろう。娘は私と私の名前を恥ずかしく思うだろう。私のせいで、娘を心からあらゆる愛情で愛している私のせいで、娘は蔑まれ、嫌われ、卑しめられるだろう。おお、最愛の幼いマリーよ！ お前はほんとうに私を恥じ、嫌悪するというのか。

情けない！ 私は何という罪を犯したことか、そして社会に何という罪を犯させることか！

おお、今日のうちにほんとうに私は死ぬのだろうか。ほんとうに私なのか。外から聞こえてくる鈍い叫び声、すでにセーヌ河岸を急ぎ足に通っていく陽気な人々の群れ、兵舎で準備している憲兵、黒い衣に身を包んだ司祭、そして手を血に染めた死刑執行人、それは皆私のためなのだ！　死ぬのは私なのだ！　今ここで生き、動き回り、呼吸し、なんの変哲もない、他の場所にあってもいいようなこのテーブルに向かって座っているこの私だ。要するに、私が手で触れ、感じ、衣服がこのように皺を作っているこの私だ！

27

死刑がどのように行なわれ、断頭台でどのように死ぬのか、せめてそれが分かっていれば！　しかし恐ろしいことに、私はそれを知らない。

その名前[27]にはぞっとする。自分が今までどうしてそれを書き記し、口にできたのか

27　ギロチンのこと。フランス語では guillotine で、十文字から成る。発明者である医師ギヨタン Guillotin の名に由来する。

理解できないほどだ。

この十文字の組み合わせ、その様相、そして表情は確かに、恐るべき想念を目覚めさせるようにできている。それを発明した不幸をもたらす医師の名前は初めから不吉なものだった。

私がこのおぞましい語から想起するイメージは漠然としていて、不確定で、それゆえいっそう不気味である。音節の一つひとつが装置の部品のようである。自分の心の中で私はその醜悪な骨組みを絶えず作っては、壊してみる。

このことで誰かに問い質しはしないが、それが何なのか、そこでどのように振る舞うべきか知らないというのは恐ろしい。跳ね板があり、腹這いになるらしい……——ああ、首が刎ねられる前に髪の毛が真っ白になるだろう！

28

とはいえ、一度だけそれを垣間見たことがある。

ある日の午前十一時頃、馬車でグレーヴ広場を通りかかった。すると突然、馬車が止まった。

広場に人だかりがしていた。扉の窓に目をやると、下賤な民衆がグレーヴ広場と河岸を埋めつくしていた。河岸の胸壁の上に、男女と子供が大勢立ち並んでいた。人々の頭越しに見えたのは、三人の男が組み立てている赤い木の壇のようなものだった。

その日、ひとりの死刑囚が処刑されることになっていたので、装置を作っていたのだ。

私はろくに見もせずに顔を背けた。馬車のそばにひとりの女がいて、子供に言っていた。

「ほら、見てごらん！　刃がよく滑らないから、あの人たちが溝に蠟を塗って滑りやすくするんだよ。」

今日もたぶん、そんなことをしているのだろう。十一時が鳴ったところだ。人々はきっと溝に蠟を塗っている。

ああ！　哀れな私が今度は顔を背けることはない。

29

おお私の恩赦、私の恩赦！　たぶん恩赦があたえられるだろう。国王は私を憎んでいない。弁護士を迎えに行ってほしい！　早く弁護士を！　徒刑のほうがいい。五年の徒刑、それで終わりにしてほしい。——あるいは二十年——あるいは烙印を押されて終身徒刑でもいい。だが命だけは助けてほしい！

徒刑囚はまだ歩いたり、行ったり来たりできる。太陽も見られる。

30

司祭がやって来た。

白髪で、とてもやさしそうで、善良で尊敬すべき顔立ちだ。実際、立派な慈愛深い人である。今朝、司祭が自分の財布の金をすべて囚人たちの手に渡すのが見えた。それなのに、彼の声に人を感動させるようなものが何もなく、真心がこもっていないのはなぜだろう？　私の精神や心を動かすようなことを、彼がまだ何ひとつ言ってくれないのはなぜだろう？

今朝、私は取り乱していたので、司祭の言ったことがほとんど聞こえなかった。それにしても彼の言葉は無駄に思われたし、私はまったく関心を引かれなかった。凍った窓ガラスを流れていく冷たい雨のように、その言葉は流れていった。

しかしさっき司祭が私のそばに戻ってきた時、彼の姿を見て私はほっとした。この種の人々のなかで、私にとって人間と言えるのはこの司祭だけだ、と私は思った。やさしい慰めになるような言葉がとても欲しくなった。

司祭は椅子に、私はベッドにそれぞれ腰かけた。彼は「わが息子よ……」と言った。――その言葉が私の心を開いてくれた。司祭は続けた。

「わが息子よ、あなたは神を信じていますか。」

「はい、司祭さま」私は答えた。

「聖なる教会、使徒伝来のローマ・カトリック教会を信じていますか。」

「もちろんです」と私は言った。

「わが息子よ、あなたは疑念を抱いているようだ」と彼は続けた。

そして話し始めた。長い間話し、多くの言葉を口にした。話し終えたと思うと立ち上がり、話を始めた時以来はじめて私の顔を見て、問いかけた。

「どうなのです?」

彼の言葉にはまず熱心に、それから注意深く、それから忠実に耳を傾けたと私は確言できる。

私も立ち上がった。

「司祭さま」と私は答えた。「お願いですから、ひとりにしてください。」

彼は尋ねた。

「いつ戻ればいいですか。」

「その時はこちらからお知らせします。」

すると彼は、怒りはしなかったものの、まるで「不信心者!」と独り言をつぶやくように頭を振りながら出て行った。

いや違う、下賤の身に落ちたとはいえ、私は不信心者ではないし、私が神を信じていることは神ご自身がご存知だ。それにしても、あの老人は私に何を言ったのか。真摯なもの、しんみりしたもの、感動的なもの、魂からほとばしるようなものは何もなかった。彼の心から生まれて私の心に響くもの、彼から直接私に届くものも何もなかった。それどころか、何か漠然としたこと、はっきりしないこと、あらゆるものやあらゆる人に当てはまることしか口にしなかった。深みが必要なところで誇張しただけであり、素朴さが必要なところで凡庸なだけだった。いわば感傷的な説教、神学的な哀歌にすぎない。ところどころにラテン語の引用をそのまま挟んでいた。聖アウグスチヌスや聖グレゴリウスだろう。しかも司祭は、すでに二十回も朗誦した教えを復唱し、暗記したせいで記憶の中で摩耗してしまった主題を復習しているようだった。目に輝きはなく、声に抑揚はなく、手にしぐさはなかった。

だがどうしてそれ以外のことを望めようか。あの司祭は監獄付の正式の教戒師であり、人を慰め励ますのが仕事であり、それで暮らしているのだ。徒刑囚と死刑囚は司祭の雄弁が向けられる相手である。司祭が彼らを告解させ、援助するのは、彼も地位を築かなければならないからだ。彼は人々を死に導くことで年を経てきた。他の人々なら恐れ慄くことに、彼は久しい以前から慣れている。白い髪粉をつけた彼の髪の毛は、もはや逆立つこともない。徒刑や死刑台は彼にとって日常茶飯事にすぎず、彼の心は麻痺している。おそらく彼にはノートがあるのだろう。あるページは徒刑囚用、またあるページは死刑囚用だ。明日、何時に慰める人がいる、と前日に通告される。彼は徒刑囚か、それとも死刑囚かと尋ね、それに応じて該当するページを読み、やって来る。こうして、トゥーロンに送られる者もグレーヴ広場に向かう者も司祭にとっては普通のことであり、また彼らにとって司祭は普通のことになる。

おお！　その代わりに、誰か若い助任司祭や老司祭を適当に、どの教区でもいいから見つけてきてほしい。暖炉の傍らで本を読み、何も予期していない人を連れてきて、その人に言ってほしい。

「まもなく死刑になる人がいます。あなたが彼を慰めてやらなければなりません。彼の両手が縛られ、髪が切られる時にあなたがいなくてはなりません。キリスト十字架像を手にして荷馬車に乗り、彼に死刑執行人の姿が見えないようにしてください。グレーヴ広場までの敷石の道を、彼といっしょに揺られて進み、血に飢えた恐ろしい群衆の間を彼といっしょに通ってください。死刑台の下で彼を抱きしめ、頭と胴体が別々になるまでそこにいてください。」

さあ、頭のてっぺんから足の先までぴくぴく痙攣し、震えている司祭を私のもとに連れて来てほしい。その人の腕の中、膝元に私の身を投げ出させてほしい。そうすれば司祭は涙を流し、われわれは二人とも涙を流すだろう。司祭は多くを語り、私は慰められ、私の心は彼の心に思いを打ち明ける。彼は私の魂を受け取り、私は神を受け取る。[28]

しかし、あの善良な老人が私にとって何だろう？ 彼にとって私が何だろう？ 不幸な人間のひとり、彼がすでに数多く目にしてきた亡霊のひとり、処刑者の数にあらたに加えられるひとりにすぎない。

司祭をこのように拒絶するのは、たぶん私が悪いのだろう。善良なのは司祭で、邪悪なのは私だ。ああ！ だがそれは私のせいではない。死刑囚たる私の吐く息がすべてを損ない、汚しているのだ。

食べ物が運ばれてきた。私にそれが必要だと彼らは考えたのだ。美味で凝った料理、鶏肉のようだし、ほかにも何かある。そう、私は食べてみようとしたが、最初のひと口で全部吐き出した。それくらい苦くて臭く感じられた！

28 『レ・ミゼラブル』において、ミリエル司教がひとりの死刑囚にたいしてまさにこのように振舞う。第一巻第一部第四章を参照せよ。本作と、ユゴーの後年の諸作品との深い繋がりを示す一節である。

31

帽子をかぶった男がひとり入ってきた。私にはほとんど目もくれず、折り尺を広げて独房の石壁を下から上まで測り始めて、とても大きな声を上げて「そうだ」とか、「そうじゃない」とか言っていた。

私は憲兵に誰なのかと尋ねた。監獄に雇われている下級の建築技師のような人らしい。

彼のほうでも、私にたいする好奇心が湧いたようで、いっしょにいた鍵を保管する牢番と少し言葉を交わした。それから一瞬私を見つめ、無頓着なようすで頭を振り、再び大声で話し、寸法を測り始めた。

作業が終わると私に近づき、朗々たる声で言った。

「あんた、六か月したらこの監獄はずっとよくなりますよ。」

そして彼の身ぶりは次のように言い添えているようだった。

「残念ながら、あんたがその恩恵に浴することはないね。」

彼はほとんど笑っていた。結婚初夜に新妻をからかうように、彼が私を穏やかに揶揄しようとしているのだと思った。

袖章をつけた老兵である憲兵が、私の代わりに答えた。

「死ぬ者の部屋で、そんな大声で話さないでください」と憲兵は彼に言った。

建築技師は出て行った。

彼が寸法を測った石のように、私はそこにじっとしていた。

32

それから私の身に滑稽な出来事が生じた。

人のいい老憲兵が交替になったが、恩知らずの利己主義者である私は彼と握手すらしなかった。別の憲兵が彼に代わった。額が扁平で、牡牛のような目をした、愚鈍そうな顔つきの男である。

しかも、私はまったく注意を払っていなかった。テーブルの前に座り、扉に背を向けていたのだから。私は手で額を冷やそうとしていた。さまざまな思いが去来して、精神がかき乱されていたのだ。

肩を軽く叩かれて、私は振り向いた。新しい憲兵で、独房にはわれわれ二人きりだった。

彼が私にどのような話をしたか、およそ以下のとおりである。

「犯罪者のあんたに親切心はあるかね。」

「いや、ないね」と私は答えた。

返事がぶっきらぼうだったので憲兵は面喰らったようだったが、ためらいがちに続けた。

「人は好きこのんで意地悪になるもんじゃない。」

「なぜなれないのだ」私は言い返した。「言いたいことがそれだけなら、ほっといてくれ。いったいどうしてほしいのだ?」

「悪かったな、犯罪者のあんた」と彼は答えた。「一言だけ、こういう次第なんだ。もしあんたがひとりの哀れな男を幸せにできて、しかも金のかからないことなら、それをしてもらえないだろうか。」

私は肩をそびやかした。

「シャラントン[29]からやって来たのですか。あなたは奇妙な器を選んで、そこから幸福を汲み上げようとしている。この私が誰かを幸せにするだって！」

男は声を低めて、思わせぶりな様子をしたが、それは彼の愚かしい顔にそぐわなかった。

「そうだよ犯罪者のあんた、そう幸福だよ、財産だよ。それがみな、あんたから私にもたらされるかもしれないんだ。話はこういうことさ。私はしがない憲兵だ。務めはきついし、俸給は少ない。馬は自分持ちで、これがひどく金がかかる。そこで財布を補うために富籤をやっているんだが、何か術策が必要だ。今まではいい番号に巡り合えなかったから、富籤で儲けられなかった。どこで買っても確かな番号を探すんだが、いつも外れだった。七十六番を買うと、七十七番が出る。いろいろな番号を買って期待するんだが、それが出ない……――もう少しの辛抱だ、まもなく話は終わるから――ところで、今回は俺にとっていい機会だ。犯罪者のあんたには申し訳ないが、あんたは今日死刑台に送られるようだ。こんなふうに殺される死者はきっと、あらか

29 有名な精神科病院があった場所。

じめ富籤の当たり番号が見えるにちがいない。明日の晩、三つの当たり番号を教えに来ると約束してくれないか、それくらいあんたにはお安い御用だろう、なあ？　——俺は幽霊なんて怖くないから、心配無用だ。——俺の住所はポパンクール兵舎、A階段、二十六番、廊下の奥だ。俺の顔は分かるよね。今晩のほうが好都合なら、それでもいいから来てくれ。」

途方もない希望が私の脳裏をかすめていなければ、この馬鹿者には返事もしなかっただろう。私が置かれているような絶望的な状況では、人は時に髪の毛一本で鎖も断ち切れると思うものだ。

「聞いてくれ」と、まもなく死ぬ者ができるかぎり精一杯の芝居をして私は言った。「確かに私は君を王様よりも裕福にしてやれるし、君に何百万も儲けさせてやれる。——ただし、ひとつ条件がある。」

憲兵は呆けた目を開けていた。

「どんな条件だ、どんな？　犯罪者のあんたの望むことなら何でもするよ。」

「当たり番号三つではなく、四つ約束してやってもいい。だから私と服を取り換えてくれ。」

「なんだ、それだけのことか！」と彼は大声で言って、制服の留め金を外し始めた。

私は椅子から立ち上がっていた。彼の動作を見つめながら、心臓が強く脈打っていた。憲兵の制服を前にして監獄の扉が開き、広場や通りや裁判所から離れていく自分の姿が目に浮かぶようだった！

ところが彼はためらう様子で、こちらを振り向いた。

「あぁこれは！　ここから逃げるためじゃないか。」

万事休すだと悟ったが、最後の努力をしてみた。まったく無駄で、分別を欠く行為だったが！

「そうさ」と私は言った。「だがそれで君の財産ができて……」

彼は私の言葉をさえぎった。

「ああ、そいつはだめだ！　俺の番号が当たるためには、あんたに死んでもらわなければ。」

私は黙って再び椅子に座った。抱いた希望はすべて、いっそう空しくなった。

33

私は目を閉じて、両手を当てた。忘れようとした、過去を回想して現在を忘れようとした。夢想に耽っている間、子供時代と青春時代の思い出がひとつずつ甦ってくる。私の脳髄の中で渦巻いている暗く漠然とした思いの深淵に浮かぶ花ざかりの島のように、その思い出はやさしく、穏やかで、快い。

まだ子供で、生徒だった頃の姿が思い浮かぶ。よく笑う、はつらつとした子供で、幼年時代を過ごした野生の庭に設けられた緑の広い散歩道で、兄弟たちといっしょに遊び、走り回り、叫び声を上げていた。その庭は、もとは女子修道院の敷地で、ヴァル＝ド＝グラース[30]の鉛板で覆われた陰気な丸屋根の頂が庭を見下ろしていた。

それから四年経ち、私はまだそこにいた。相変わらず子供だったが、すでに夢想癖が強く、情熱家になっていた。この寂しい庭に、ひとりの女の子がいる。目が大きく、髪が豊かで、肌は小麦色、唇は真っ赤で、頬がバラ色の小柄なスペイン娘、十四歳になるアンダルシア娘で、名前はペパといった。

母親たちから、いっしょに走り回って来なさいと言われ、私たちは庭に散歩に出た。遊ぶようにと言われ、同い年だが性別の異なる私たち二人の子供はお喋りをした。ところがそのわずか一年前には、私たちはいっしょに走り回り、争っていた。木になったいちばん見事なりんごの実を取ろうとペピータと競い、鳥の巣を手にいれるため彼女を殴ったりしたものだった。ペピータは涙を流し、私は「いい気味だ！」と言った。それから二人いっしょに母親たちのところに行って訴えると、母親たちは私たちが悪いと言う時は大声を出し、私たちの言い分を認める時は小声になった。

今やペピータは私の腕にすがり、私はそれがとても自慢で、感動する。私たちはゆっくり歩き、低い声で話す。彼女がハンカチを落とすと私がそれを拾い上げ、私たちの手は触れ合うと震える。ペピータは私に小鳥や、彼方に見える星や、木立の向うに沈む真っ赤な夕陽や、寄宿舎の女友だちや、ドレスやリボンの話をする。私たちは他愛のないことを語り合い、二人とも顔を赤らめる。少女は若い娘に成長していた。

その晩――夏の晩だった――私たちは庭の奥に生えているマロニエの下にいた。散

30　もとは教会堂だが、当時は陸軍病院になっていた。セーヌ川左岸に位置する。

歩の際にしばしば訪れる長い沈黙の後で、ペピータは突然私の腕を離して、「走りましょう！」と言った。

あの時の彼女の姿が今でも見えるようだ。祖母の喪に服していた彼女は真っ黒な服を着ていた。子供じみた考えが彼女の頭に浮かび、ペパが再びペピータになり、「走りましょう！」と私に言ったのだ。

こうして彼女は私の前を駆け出した。体つきは蜜蜂の胸のようにほっそりし、小さな足はドレスを膝のところまで跳ね上げていた。私は彼女を追いかけたが、彼女は逃げた。走ると黒の短いケープが時々風にはためき、みずみずしい褐色の背中が見えた。私は我を忘れ、崩れ落ちた古い汚水溜のそばでペパに追いついた。勝者の権利として彼女のベルトをつかんで芝生の上に座らせた。彼女は嫌がりもせず、息を切らしながら笑っていた。私のほうは真剣で、彼女の黒い睫毛(まつげ)越しにその黒い瞳をじっと見つめた。

「そこに座って」とペピータが言った。「まだ明るいわ。何か読みましょう。本を持っているかしら？」

スパランツァーニ[31]の『旅行記』の第二巻を持っていた。適当にページを開いて、彼女に寄り添った。彼女は肩を私の肩にもたせかけ、私たちはそれぞれ小声で同じページを読み出した。ページをめくる前、いつも彼女のほうが私を待ってくれた。私の頭は彼女ほど素早く働かなかったのだ。

「もう読み終えた？」と、私が読み始めたか読み始めないかのうちに彼女は訊いた。

その間に私たちの頭は触れ合い、髪が絡みあい、吐く息がしだいに近くなり、突然口と口が触れ合った。

読書を続けようとした頃には、空に星が瞬(またた)いていた。

「ああ！ お母さん、私たち二人がどんなに駆け回ったか分かる？」家に帰るとパパは言った。

私は黙っていた。

「お前は何も言わないね」と母が私に言った。「悲しそうだね。」

実際は心のなかは楽園のようだった。

私はあの晩のことを一生涯忘れないだろう。

---

31 イタリアの博物学者（一七二九〜九九）。

一生涯！

34

今しがた時が鳴ったが、何時だか分からない。大時計の槌の音がよく聞こえないのだ。耳の中でパイプオルガンの音が響いているような気がする。私の最後の思いがぶんぶん鳴っているのだ。

回想に沈むこの最後の時に、私は自分の罪を思い出して恐ろしくなる。しかし私はもっと悔い改めたい。死刑を宣告される前はもっと後悔の念を感じていたのに、それ以降は、死の思いよりほかには心になんの余地もないようだ。それでも私は心から悔い改めたい。

自分の人生の過ぎ去りし歳月をしばしの間夢想し、まもなく人生を終わらせる斧の一撃にあらためて思いを馳せると、何か目新しいことのように身震いする。私の美しい子供時代！　美しい青春時代！　それは金色の布地だったが、端は血に染まっている。当時と現在の間には血の川が流れている、他人の血と自分の血の川が。

人がいつか私の物語を読むことがあれば、無垢と幸福の長い年月の後に、犯罪で始まり死刑で終わるおぞましい一年があったなどとは信じられないだろう。その一年がいかにも不釣り合いに見えるだろう。

しかしながら哀れな法よ、哀れな人間たちよ、私は邪悪な男ではなかったのだ！

おお！　数時間後に死ぬとは。そして一年前のこのような日、私は自由で無垢であり、秋の散歩をし、木立の下をさまよい、落葉を踏みしめていたとは！

35

今この時にも、私のすぐ近くや、裁判所やグレーヴ広場の周りを取り囲んでいる家々で、そしてパリ中いたるところで、男たちは往来し、お喋りと笑いに興じ、新聞を読み、仕事のことを考えている。商人はものを売り、娘たちは今夜の舞踏会のドレスを準備し、母親たちは子供と遊んでいるのだ！

36

子供の頃のある日、ノートル゠ダム大聖堂の大鐘を見に行ったのを覚えている。薄暗い螺旋階段を上り、二つの塔をつなぐ頼りない廊下を通り、自分の足下にパリが見えた時、私はすでに眩暈がしていた。それから石と木組みでできたケージ部分に足を踏み入れると、重さが五百キロもある大鐘とその舌が吊り下がっていた。隙間のある床板の上を私はぶるぶる震えながら進み、パリの子供たちと民衆の間に知れ渡ったあの鐘を遠目に見やり、鐘楼を斜めに取り囲んでいるスレート瓦で覆われた庇が私の足下と同じ高さなのに気づいて、ぞっとした。庇の隙間から、いわば鳥瞰図のようにノートル゠ダム大聖堂前の広場と、蟻のような通行人の姿が見えた。

突然、巨大な鐘が鳴り響き、強い振動が大気をかき乱し、どっしりした塔を揺り動かした。梁の上で床板が跳ねた。私は音のせいでひっくり返りそうになった。ぐらつき、今にも倒れそうになり、斜めになったスレート瓦の庇の上に転げ落ちそうになった。恐怖に駆られた私は床板に横たわり、言葉も出ず息もつけずに、両腕でしっかり床板をつかんだ。耳にはすさまじい音が鳴り響き、眼下にはあの絶壁、こちらから見れば羨ましいほどの静かな通行人が数多く往来するあの深い谷底のような広場があった。

そうなのだ！　私はまだ自分があの鐘楼にいるような気がする。眩暈とまぶしさの両方を感じる。鐘の音のようなものが私の脳の隙間で響く。私が捨て、他の人々が今でも歩んでいる平坦で穏やかな生活が、自分の周囲にはもはや見えない。見えるとすれば遠くから、深淵の割れ目をとおして見えるだけだ。

37

パリ市庁舎は不気味な建造物である。

尖った急勾配の屋根、奇妙な形の小尖塔、大きな白い時計、細い柱が並ぶ上階、無数の窓、踏みしめられて擦りへった階段、左右についた二つのアーチ。そしてグレーヴ広場と階段なしに通じている。薄暗く、陰気で、建物の正面全体が老朽化していて真っ黒なので、太陽が出ていても黒い。

死刑執行の日、あらゆる扉から憲兵たちが吐き出され、窓辺に陣取った人たちが死刑囚を見つめる。

そして夜になると、執行の時刻を示した文字盤が建物の暗い正面に明々と浮かび上がる。

38

一時十五分だ。

今は次のようなことを感じている。

激しい頭痛。腰が冷たく、額は燃えるように熱い。立ち上がったり、屈んだりするたびに頭の中で液体が揺れ動き、脳髄が頭蓋骨の内壁にぶつかるような感じだ。

痙攣のような震えが起こり、体内を電流の衝撃が走ったように時々ペンが手から滑り落ちる。

煙に包まれたように目がちくちく痛い。

肘も痛い。

あと二時間四十五分すれば、その痛みもなくなる。[32]

39

死刑はたいしたことではない、苦しまないし、穏やかな最期だし、このような死はかなり簡素化されている、と彼らは言う。

そうだろうか！　それなら六週間のこの苦悩、丸一日続くこの喘ぎはいったい何だ。ゆっくり、そして同時に早く過ぎていくこの取り返しのつかない一日の不安は何だ。最後は死刑台に至るこのさまざまな段階の拷問は何だ。

どうやら、それは苦しみではないらしい。

しかし、血が一滴一滴流れて最後になくなることと、知性がさまざまな思いを経た末に消滅することは、同じような死の痙攣ではないだろうか。

それに彼らはほんとうに確信があって、苦しまないと言っているのだろうか。誰に

32　死刑が午後四時に執行されるからである。

そう教えられたのだろうか。切り落とされた首が血だらけのまま籠の縁に起き上がって、人々に向かって「痛くないぞ！」と叫んだなどと、誰か語っているのか。そうして死んだ者たちのなかに、生き返って人々に感謝し、「ギロチンは立派な発明だ。このまま続けたまえ。装置はうまくできているから」と言った者でもいるのか。ロベスピエールか？　ルイ十六世か？……

いや、たいしたことじゃない！　ものの一分も、一秒も要しない、それで事はすむ。──重い刃が落ちてきて肉に食い込み、神経を切断し、頸椎を打ち砕く瞬間そこにいる者の立場に彼らは身を置いたことが、たとえ想像の上だけでもあっただろうか……。何ということだ！　たった半秒だって！　苦痛はごまかされている……。恐ろしい！

40

奇妙なことに、私は絶えず国王のことを考えている。何をしても、頭を振っても無駄で、耳にひとつの声が響いて、いつも次のように語りかけるのだ。

「この同じ町に、まさに同じ時間に、しかもここからあまり遠くない宮殿に、やはりあらゆる扉で兵士が見張っているひとりの男がいる。お前同様、国民のなかでも唯一無二の男だが、お前が卑賤の身なのに対し彼は高貴な身分という違いがある。彼の人生はすべてどの瞬間も栄光、偉大、快楽、陶酔でしかない。彼の周囲ではすべてが愛、敬意、崇拝にほかならない。どれほど大きな声でも彼に話しかける時は小さくなり、どれほど高慢な額でも彼には屈する。彼の目の前にあるのは絹と黄金ばかりだ。今頃は閣議を開いており、皆が彼の意見に賛成する。あるいは明日の狩猟や、今晩の舞踏会のことを思い、祝宴は時間どおりに始まると確信し、彼を楽しませる役割は他人にゆだねる。なんと、その男はお前と同じような肉と骨でできているのだ！――今すぐにもおぞましい死刑台が取り壊され、お前が生命、自由、財産、家族などすべてを取り戻すためには、一枚の紙の下のほうに彼がペンで七文字の自分の名前[33]を書き入れるか、あるいは彼の乗った四輪馬車とお前の乗る荷馬車がすれ違うだけでいいのだ！――彼は善良だから、おそらく喜んでそうしてくれるだろう。ところが実際は

33　当時の国王はシャルル十世（在位一八二四～三〇）。シャルル Charles は七文字からなる。

そうならないのだ！」

41

そこでだ！　死にたいして勇敢に立ち向かおう。この恐ろしい想念を両手でしっかり摑もう、そして真正面から見据えよう。死がどういうものか説明を求め、死がわれわれをどのようにするのか理解し、それをあらゆる方向から眺めてみよう。死の謎を解きほぐし、あらかじめ墓の中を覗いてみよう。

私の目が閉じるやいなや、大きな明るさと光の深淵が見えてきて、そこに私の精神が果てしなく落ちていくような気がする。空がみずからの精気によって輝き、星が薄暗い斑点になるような気がする。生きている人間の目には、星は灰色のビロードに縫いつけられた金箔のように見えるが、死後の世界ではそうでなくて、金襴についた黒い点のように思われるだろう。

あるいはまた、みじめな人間である私にとって、それはおそらく醜悪で深い穴であり、その内壁は闇に覆われ、私はさまざまな形が影の中でうごめくのを見ながら、その穴を永遠に落ちていくだろう。

あるいはまた、死後に目覚めてみると、どこか平らで湿った表面にいて、暗闇の中を這いまわり、転がる頭のようにくるくる回っているかもしれない。強い風が私に吹きつけ、転げ回る他の頭にあちこちでぶつかるような気がする。ところどころに、生温かく得体の知れない液体の池や小川がある。すべて真っ黒だ。回転して私の目が上のほうに向けられても、厚い層が重くのしかかる暗い空しか見えないだろうし、遠い彼方には、闇よりも黒い煙が大きなアーチのように立ち上っているだけだ。暗闇の中で赤い小さな火花が飛び交っているのも見えるが、近づくとその火花は火の鳥に変わる。そして、この光景が永遠に続くだろう[34]。

またある日、冬の真っ暗な夜に、グレーヴ広場で処刑された死者たちが彼らのものであるあの広場に集まるかもしれない。青白い血まみれの群衆で、私もかならずそこにいる。月はなく、人々は小声で話す。市庁舎は相変わらずそこに聳え、正面は朽ち

34　こうした死後の幻想的イメージは、ユゴーの後の作品でさらに展開されることになる。たとえば『サタンの終わり』(死後出版)。

かけ、屋根はぼろぼろで、誰にとっても無慈悲だったあの時計もある。広場には地獄のギロチンが据えられ、悪魔が死刑執行人を処刑する。それが早朝四時だ。今度はわれわれがその周りに集まるのだ。

おそらく死後の世界はこのようになる。それにしてもこれらの死者が甦るとすれば、どのような姿で甦るのだろうか。切断された不完全な肉体の、何を保っているのだろうか。死者は何を選ぶのだろうか。亡霊になるのは首だろうか、それとも胴体だろうか。

ああ！　死ぬとわれわれの魂はどうなるのか。死後、魂にはどのような性質が残されるのか。死は魂から何を奪い、何を与えるのか。死は魂をどこに導くのか。地上を眺め、涙を流せるよう、死は魂に時には肉眼を貸してくれるのだろうか。

ああ、司祭！　それを知っている司祭がいたら！　司祭と、接吻するキリスト十字架像がほしい！

それなのに何たることか、いつも同じあの司祭だ！

42

私は司祭に眠らせてほしいと頼み、ベッドの上に身を投げ出した。

実際、頭の中に血があふれて、それが私を眠らせた。この種の眠りとしては最後のものだ。

夢をみた。

夢の中では夜だった。誰か思い出せないが二、三人の友人と自分の書斎にいたような気がする。

妻は隣の寝室で横になり、子供といっしょに寝ていた。

友人と私は小声で話していた。自分たちの言っていることに、われわれは怯えていた。

突然、家の他の室のどこからか物音が聞こえたように思われた。かすかな、奇妙で、何だか分からない物音だった。

友人たちも私と同じくその音を聞きつけた。私たちは耳を澄ました。錠前が静かに開けられるような音、ひそかに鋸(のこぎり)で閂を切っているような音だった。

私たちをぞっとさせるようなものだったので、怖くなった。この深夜に、おそらく泥棒が家に侵入したのだろうと私たちは考えた。

見に行くことにした。私は立ち上がり、ろうそくを手に取った。友人たちはひとりずつ付いてきた。

隣の寝室を横切った。妻は子供といっしょに眠っていた。

それから客間に入ったが、何も異常はない。赤い壁布に掛けられた金の額縁に収まった肖像画はじっとしたままだった。ただ、客間から食堂に通じる扉がいつもの位置にないような気がした。

食堂に足を踏み入れ、ひと回りした。私が先頭を歩いた。階段に通じる扉も、窓もしっかり閉まっていた。炉のそばまで来て、布類の整理戸棚が開いており、その扉が壁の角のほうに開かれて、そこを隠すようになっているのが見えた。

私はびっくりした。扉の陰に誰かいると私たちは思った。

私は扉に手をかけて、整理戸棚を閉めようとした。しかし扉は動かない。驚いてさらに強く引くと、扉は突然動いた。目の前に現われたのは小柄な老婆で、手をだらりと下げ、目を閉じ、まるで壁の角に貼りついたようにじっと立っていた。

それは何か醜悪なところがあった。今考えても、髪の毛が逆立つようだ。

私は老婆に言った。

「そこで何をしているんだ。」

彼女は答えなかった。

私は尋ねた。

「何者だ。」

老婆はやはり答えず、身動きせず、目を閉じたままだった。

友人たちが言った。

「この女はきっと、悪だくみを抱いて侵入した者たちの共犯者さ。奴らはわれわれが来るのを聞きつけて逃げたが、女は逃げることができずにここに隠れたのだ。」

再び老婆に問いかけたが、女は声を出さず、目も閉じたままじっとしていた。

友人のひとりが老婆を床に押し伏せようとすると、女は倒れた。

木材のように、生気のないもののようにばったり倒れた。

私たちは老婆を足の先で揺り動かしてみた。それから私たちのうち二人が女を立ち上がらせて、再び壁に寄りかからせた。女には生きている気配がなかった。耳に向かって大きな声を出したが、まるで聞こえないかのように女は押し黙っていた。そのうち私たちはいらいらしてきた。恐怖心の中に怒りが混じっていた。友人のひとりが私に言った。

「顎の下にろうそくを当てろ。」

私は老婆の顎の下に、燃えるろうそくの芯を当てた。すると女は片目を半分だけ開けた。空虚で、どんよりした、おぞましい目で、何も見ていなかった。

私は炎を除けて言った。

「ああ、まったく！　答えろ、この老いぼれ魔女め。お前は誰なんだ。」

女の目はひとりでにまた閉じた。

「今度ばかりは、あんまりだな」と友人たちが言った。「またろうそくを当てろ、もっとだ！　この女に口を開かせろ。」

私は老婆の顎の下にまたろうそくを当てた。

すると女はゆっくり両目を開けて、私たちを一人ひとりじっと見つめ、それから急に身を屈めると、氷のように冷たい息でろうそくを吹き消した。同時に私は、暗闇の中で三本の鋭い歯が自分の手に食い込むのを感じた。

私はそこで目覚めた。びっしょり冷や汗をかいて震えていた。

ベッドの足下ではあの善良な教戒師が椅子に腰掛けて、祈禱書を読んでいた。

「長い間眠っていましたか」と私は尋ねた。

「二時間眠りましたよ」彼は答えた。「あなたの娘さんを連れてきました。隣の部屋にいて、あなたを待っています。あなたを起こしたくなかったものですから。」

「おお、娘ですって！　ここに連れて来てください！」私は大声で言った。

43

彼女はみずみずしく、肌はバラ色で、目が大きく、美しい！

とてもよく似合うかわいい服を着ていた。

私は娘を抱きしめ、両腕で持ち上げて自分の膝に乗せ、髪に接吻した。

どうして母親といっしょではないのだろう。——母親は病気だし、祖母も病気なのだ。まあ、それはいい。

彼女は驚いた様子で私を見つめた。私に撫でられ、抱きしめられ、接吻を浴びていたが、なされるままにしていた。ただ時々、隅で泣いている女中のほうに不安げなまなざしを向けていた。

ようやく私は言葉を口にした。

「マリー！　かわいいマリー！」

嗚咽(おえつ)がこみ上げてくる胸に、私は彼女を激しく抱きしめた。娘は小さな叫び声を上げた。

「ああ！　痛い、おじさん」と彼女は言った。

おじさん！　哀れな娘はもう一年も私の顔を見ていなかったのだ。私の顔も、言葉も、声の調子も忘れてしまった。それに顎ひげを伸ばし、こんな服を身につけて真っ青な顔色をしていたら、誰が私だと分かるだろう。何ということだ！　私がそこで生き続けたい唯一の記憶から、娘の記憶から私がすでに消えているとは！　何ということだ！　私はもはや父親ではない！　あの語、子供たちの言葉に特有のあの一語、あまりに快いので大人の言葉には残らないあのパパという一語を、私はもう聞けない運命(さだめ)なのだ！

しかし、この一語を娘の口からもう一度聞きたい、たった一度でいいから聞きたい。自分が奪われようとしている残り四十年間の人生と引き換えに私が望んだのは、それだけだ。

「お聞き、マリー」と私は彼女の小さな両手を自分の両手に包みこみながら言った。「お前は私を知らないのかい？」

彼女は美しい目で私を見てから、答えた。

「うん、知らない！」

「よく見てごらん」と私は繰り返した。「なんだって、お前は私が誰か分からないのか。」

「分かる、どこかのおじさんでしょう。」

ああ！　熱愛する世界で唯一の人、あらゆる愛をこめて愛している人、目の前にいて、こちらに目を向け、こちらを見つめ、こちらに話しかけ、答えてくれる人、その人がこちらを知らないとは！　その人にしか慰めを求めていないのに、その人が、こちらはこれから死ぬ身だからこそ慰めが必要だということを知らない唯一の人だとは！

「マリー、お前にパパはいるかい」と私は続けた。

「うん、いる」と娘は言った。

「じゃあ、どこにいるの。」

彼女は驚いて、大きな目を上げた。

「ああ! 知らないの? パパは死んだの。」

彼女は叫び声を上げた。私が彼女を膝から落としそうになったからだ。

「死んだ!」と私は言った。「マリー、お前は死んだというのがどういうことか、分かるかい。」

「うん」と彼女は答えた。「パパは大地の下に、そして天にいるの。」

そして彼女はみずから続けた。

「朝晩ママの膝の上で、あたしはパパのために神様にお祈りしているの。」

私は娘の額に接吻した。

「マリー、そのお祈りを言ってごらん。」

「それはできない。お祈りって、昼間は唱えられないの。今晩、あたしの家に来て。そしたら唱えてあげる。」

もうたくさんだった。私は彼女の言葉をさえぎった。

「マリー、私がお前のパパだよ。」

「えっ！」と彼女は言った。

「私がお前のパパでいいかい？」私は言い添えた。

娘は顔を背けた。

「いや、パパはもっときれいだったから。」

私は娘に接吻と涙を浴びせた。彼女は「ひげが痛い」と叫びながら、私の腕から逃れようとした。

そこで私は娘を再び膝に乗せ、じっと見つめてから尋ねた。

「マリー、お前は字が読めるかい。」

「うん」と彼女は答えた。「ちゃんと読める。ママが字を読ませるから。」

「それなら、ちょっと読んでおくれ」と私は言って、彼女が小さな片手に皺くちゃにして持っていた紙片を指した。

彼女は美しい頭を振った。

「あのね！　あたしが読めるのは童話だけなの。」

「とにかくやってごらん。さあ、読んで。」

彼女は紙片を広げて、指を当てながら一文字ずつ読み出した。

「は、ん、け、つ……判決」

私は娘の手から紙片を取り上げた。彼女が読んだのは私の死刑判決文だった。女中がその紙片を一スーで手に入れたのだ。この私にはもっと高くついたというのに。

私がその時何を感じていたか、とても言い表わせるものではない。私の動作が乱暴だったので、娘は怖がってほとんど泣いていた。突然、彼女は言った。

「ねえ、私の紙を返して！　それで遊ぶんだから。」

私は娘を女中に渡した。

「連れて行ってくれ。」

そして私は再び椅子の上に倒れこんだ。陰鬱で、見捨てられて、絶望していた。今なら彼らがやって来てもいい。私にはもう何の執着もない。心の最後の糸も切れた。彼らにどうされようと、私はなされるがままだ。

44

司祭も憲兵も善良だ。私が娘を連れ去ってほしいと言った時、彼らは涙を一滴流したと思う。

これですんだ。これからは毅然としなければならない。死刑執行人、荷馬車、憲兵、橋や河岸や建物の窓辺で待ち構えている群衆、切り落とされた首が敷き詰められているようなあの不吉なグレーヴ広場で、私のためにわざわざ準備されているものについて、私はしっかり考えなければならない。

そうしたことへの覚悟を決めるため、私にはまだ一時間残されていると思う。

45

あの人たちは皆笑い、手を叩き、喝采するだろう。そして今は自由で、牢番とは馴染みがなく、喜び勇んで死刑執行を見に駆けつけるあの人たちの中に、広場を覆いつくすだろうあの人々の群れの中に、遅かれ早かれ私のように首を刎ねられて赤い籠に入る運命の人がひとりならずいるのだ。今日は私を見るためにやって来て、いずれは自分自身が処刑されるためそこに来る者は、ひとりや二人ではない。

そうした運命的な人々のために、グレーヴ広場のある地点には運命的な場所、引力の中心、ひとつの罠がある。人々はその周囲をぐるぐる回り、やがて自分がそこに身を置くのだ。

46

かわいいマリー！――彼女は遊びに連れ戻された。今頃は辻馬車の扉から群衆を眺め、もうあのおじさんのことは忘れている。

娘のために数ページ書き残すだけの時間が、おそらく私にはまだ残されているだろう。彼女がいつかそれを読み、十五年後に今日のことを思いだして涙を流してほしい。

そうだ、彼女は私自身の言葉をとおして私の身の上を知らなければならない。私から受け継いだ名がなぜ血にまみれているか、知らなければならない。

47　私の身の上

刊行者の注記――この章に該当するページは見つからなかった。この後のページが示しているように、死刑囚はおそらく書き記す時間がなかったのだろう。そうしようと思いついた時はすでに遅かった。

48　市庁舎の一室で

市庁舎！……。――こうして私は市庁舎にいる。おぞましい道程は終わった。広場はすぐそこにある。窓の下では、恐ろしい民衆が吠え叫び、私を待ち、笑っている。

毅然として、しっかり体面を保とうとしたが無駄だった。気力が萎えてしまった。河岸の二本の街灯の間に立っているギロチンの二本の赤い柱、その端についている黒い三角形の刃が人々の頭越しに見えると、気力が萎えてしまった。私は最後の申し立てをしたいと頼んだ。するとこの一室に入れられ、誰かが王室検事のような人を探しに行った。私は待っているのだが、とにかくそのぶん時間の猶予がある。

ここに来るまでのことを述べよう。

三時が鳴ると、出発する時間だと私は知らされた。六時間前から、六週間前から、いや六か月前から他のことを考えていたかのように、私は震えた。そう言われて、何か思いがけないことが起きたような気がしたのだ。

命じられるまま私は廊下を通り、階段を下りた。彼らは一階のふたつのくぐり戸の間に私を押しこんだが、そこは薄暗く、狭く、天井が丸くて、雨と霧の混じった日差しにかろうじて照らされている一室だった。真ん中に椅子が一脚置かれていた。座れと言われたので、腰掛けた。

扉近くの壁ぎわには、司祭と憲兵のほかに数人立っていた。さらに男が三人いた。最初の男はいちばん背が高く、いちばん年寄りで、太っており、赤ら顔をしていた。

フロックコートを身につけ、ひしゃげた三角帽をかぶっていた。それが彼だった。死刑執行人、ギロチンの従僕だった[35]。他の二人の男は彼の助手だった。私が椅子に腰掛けるやいなや、その二人の男が背後から猫のように近づいた。それから突然、髪の毛に鋼（はがね）の冷たさを感じ、鋏（はさみ）が耳元できしる音を立てた[36]。適当に切られた私の毛髪は房となって肩の上に落ちた。三角帽の男がそれを大きな手でやさしく取り除いた。

周りの人たちは小声で話していた。

大気中で波打つざわめきのように、外で大きな物音がしていた。はじめは川の流れる音かと思ったが、どっと笑い声が起こるのを聞いて、それが群衆だということが分かった。

窓ぎわで、紙挟みの上で鉛筆で何か書いていた青年が、今ここでしていることは何

35　パリでの死刑執行は、代々サンソン家に託されていた。当時その任にあたっていたのはアンリ・サンソン（一七六七〜一八四〇）である。

36　断頭台に上る直前、死刑囚は髪を短く切られる。ギロチンの刃が首を切断しやすくするためである。

と呼ばれるのかと看守に尋ねた。

「死刑囚の身繕いさ」と相手は答えた。

それが明日の新聞に載るということが理解できた。

突然、助手のひとりが私の上着を取り上げ、もうひとりの助手がだらんと垂れていた私の両手をつかんで、背中の後ろに回した。そして触れ合う両手首の周りに綱の結び目がゆっくり作られていくのが感じられた。同時に、他方の助手が私のネクタイを外そうとした。昔の私の名残りと言える唯一の布切れであるバティスト織のシャツを目にして、彼は一瞬躊躇したようだったが、やがてシャツの襟を切り始めた。

この恐ろしい配慮に気づき、首に触れる鋼にどきりとして、私の肘が震えた。押し殺したような呻き声を思わずもらした。死刑執行人の手が震えた。

「失礼！　痛かったですか」と彼は言った。

この死刑執行人たちは、とても穏やかな人たちである。

外では、群衆がさらに大声で喚いていた。

顔に吹き出物のある太った男が私に、酢をしみ込ませたハンカチを吸いなさいと言ってくれた。

「ありがとう」私はできるだけ大きな声で言った。「それには及びません。大丈夫ですから。」

すると彼らのひとりが身を屈めて、細い綱でゆるく私の両足を縛ったので、私は小幅で歩くことしかできなくなった。この綱が、私の両手にかかっていた綱と結びつけられた。

それから太った男が私の背に上着を羽織らせて、顎の下で両袖を結んだ。これでなすべきことはなされた。

司祭がキリスト十字架像を手に近づいた。

「さあ、あなた」と彼は言った。

助手たちが私の両脇を抱えた。私は立ち上がり、歩いた。まるで膝が曲がりすぎたように、私の歩みは力なく、ぐらついていた。

その時、外に通じる扉がいっぱいに開け放たれた。激しい喧噪と、冷たい空気と、白い光が暗がりにいた私のところまで入り込んだ。薄暗いくぐり戸の奥にいた私の目に、雨をとおして突然いっきに現われたのは、裁判所の大階段の手すりの上に雑然と折り重なった無数の民衆の喚きたてる顔だった。その右側に、入り口と接するように憲兵隊の馬がいたが、扉が低いので馬の前脚と胸先しか見えなかった。正面には戦闘隊形を組んだ兵士たちの分遣隊、左側には荷馬車の後部が見え、そこに急な梯子が立てかけられていた。監獄の門にいかにも似つかわしい、おぞましい光景だった。

この恐れていた瞬間のためにこそ、私は勇気を保っていたのだ。私は三歩進んで、くぐり戸の敷居に現われた。

「あいつだ、あいつだ！」群衆が叫んだ。「とうとう出てくるぞ！」

いちばん私の近くにいた者たちは手を叩いていた。どれほど人々から愛されている国王でも、こんなに祝福されることはないだろう。

それは普通の荷馬車で、痩せ馬が一頭つながれ、ビセートル近在の野菜作り農民が身につけるような赤い模様のついた青い上っ張りを着た馬方が控えていた。

三角帽をかぶった太った男が真っ先に荷馬車に乗った。

「やあ、サンソンさん！」と鉄柵にぶら下がった子供たちが叫んだ。

助手のひとりが彼の後に続いた。

「いいぞ、マルディ！」と再び子供たちが叫んだ。

二人とも前の座席に座った。

次は私の番だった。かなりしっかりした足取りで荷馬車に上った。

「この男は達者だよ!」と、憲兵のそばにいる女が言った。

この残酷な賛辞が私を勇気づけてくれた。司祭が乗ってきて、私のそばに腰掛けた。私は馬に背を向けて、後ろの座席に座らされた。この最後の配慮に私は身震いした。

彼らはそれが人情だと思っているのだ。

私は周囲を見回した。前には憲兵、後ろにも憲兵。それから群衆、群衆、ひたすら群衆だ。広場には人々の頭が海のように広がっている。

裁判所の鉄柵の門のところで、騎乗した憲兵隊が私を待っていた。

将校が出発の合図をした。荷馬車とその一行は、下層民の叫び声に押し出されるように動きだした。

鉄柵を通り過ぎた。荷馬車がシャンジュ橋のほうに曲がった瞬間、広場では敷石から屋根まで音が響きわたり、橋と河岸が地揺れを引き起こすほどそれに反響した。待っていた憲兵隊はそこで護送隊に合流した。

「帽子を取れ! 帽子を取れ!」と無数の人々がいっせいに叫んだ。——まるで国王でも迎えるように。

その時は私も大笑いして、司祭に言った。

「彼らは帽子を取り、私は首を取られますね。」

私たちは並足で進んだ。

フルール河岸はいい香りがしていた。市の立つ日なのだ。花売り女たちは花束そっちのけで、私を見物に来ていた。

正面には、裁判所の角に位置する四角い塔の少し手前に居酒屋が数軒あって、中二階は恰好の席に満足した見物客であふれかえっていた。とりわけ女たちが多かった。居酒屋の亭主にとっては、実入りのいい一日になるはずだ。

テーブル、椅子、足台、荷車が貸し出されていた。どれもたわみそうなほど、大勢の見物客が上に乗っていた。人間の血で儲ける商人が大声で叫んでいた。

「席は要りませんか。」

この民衆への激しい怒りがこみ上げ、私は「誰か私の席は要りませんか」と彼らに向かって叫びたかった。

そうしている間も、荷馬車は進んだ。進むたびにその後ろで群衆が散ったが、私の茫然とした目には、もっと先の、私が通過する別の場所でまた群衆が生まれるのが見えた。

シャンジュ橋に差しかかった時、偶然私の目は右後方に向けられた。そして、対岸の建物の上にぽつんと伸びている黒い塔に視線がとまった。塔は彫刻におおわれ、その頂には横向きに座った二体の石の怪物像が見えた。なぜか知らないが、私は司祭にあの塔は何かと尋ねた。

「サン＝ジャック＝ラ＝ブーシュリ塔だ」と死刑執行人が答えた。[37]

どうしてそうだったのか分からないが、靄の中、蜘蛛の巣のように大気に筋目をつける白い小ぬか雨にもかかわらず、自分の周りで起こっていることはすべて理解できた。こうした細部の一つひとつが私を苦しめた。激しい感情は言葉で言い表わせない。

広かったが、人でごった返しているシャンジュ橋を苦労して進んだものの、その中ほどで、私は激しい恐怖心にとらわれた。気を失うのではないかと不安になったのだが、それも最後の見栄だった！　そこで私は気を紛らして、周囲のことには目を向けず、耳も塞ごうとした。司祭のほうにだけは注意を向けたが、ざわめきのせいで途切

37　ブーシュリ Boucherie は一般名詞として殺戮を意味する。

れる彼の言葉がかすかに聞こえるだけだった。

私はキリスト十字架像を手にとって、接吻した。

「私を憐れみたまえ、おお神よ！」と私は言った。――そして物思いに耽ろうとした。

とはいえ、耐えがたい荷馬車の揺れで私のからだはがくがくしていた。そして突然、ひどい冷たさを感じた。雨が衣服に浸みとおり、短く切られた髪をとおして頭皮を濡らしていたのだ。

「あなた、寒くて震えているのですか」と司祭が尋ねた。

「ええ」と私は答えた。

ああ！　震えていたのは、寒さのせいばかりではない。[38]

橋を曲がるところで、女たちが「まだ若いのに」と私に同情してくれた。

運命の河岸に差しかかった。もはや何も見えず、何も聞こえなかった。窓や、戸口や、店の格子窓や、街灯の柱に蝟集する人々のあの声、あの顔。貪欲で残酷なあの見物人たち。皆が私を知っているのに、私は誰ひとり知らないあの群衆。人々の顔が敷きつめられ、塗りこめられたようなあの道……。私は陶酔し、愚鈍になり、理性を失っていた。自分に向けられた多くの視線の重みというのは、耐えがたいものである。こうして私は座席の上でぐらつき、もはや司祭とキリスト十字架像にも注意を向けられなかった。

周囲の喧騒の中で、私にはもはや同情の叫びと歓喜の叫び、笑いと嘆き、声と物音の区別すらできなかった。それらがすべてざわめきとなり、金管楽器の反響のように私の頭の中で鳴り響いていた。

目は思わず、店の看板を読んでいた。

振り向いて、自分が何に向かって進んでいるのか見たい、という奇妙な好奇心が一度湧いた。それは知性が示した最後の挑戦だった。しかし、からだは思うように動かなかった。首筋が麻痺したままで、すでに死んだようになっていた。

左側の横のほう、川向うにノートル＝ダム大聖堂の塔だけが垣間見えた。ここから見ると、もうひとつの塔がその陰に隠れている。旗が掲げられている塔だ。人がたく

38　政治家・法務官で、革命法廷でルイ十六世の弁護人を務めたマルゼルブ（一七二一〜九四）が、断頭台に連行される際に「震えているのか?」と訊かれて、「そうだ、だが寒さのせいだ」と答えた逸話を踏まえる。

さんいたし、そこからはよく見えるにちがいない。

こうして荷馬車は相変わらず進み、商店は見えなくなり、文字が書かれた、絵が描かれた、あるいは金箔をほどこした看板も次々と過ぎて行った。下層民は泥のなかで笑い、足を踏み鳴らしていた。眠りこんだものが夢に身をゆだねるように、私はなされるがままに任せた。

突然、それまで私の視線をとらえていた店の連なりが、広場の角で途切れた。群衆の声がより大きく、騒々しく、陽気になった。荷馬車が急に止まったので、私はうつ伏せに床板に転がりそうになった。司祭が私を支えてくれた。――「勇気を出しなさい！」と彼はつぶやいた。――それから誰かが荷馬車の後部に梯子をかけた。司祭が私に腕を貸し、私は荷馬車から降りて、一歩進んだ。それから振り向いてもう一歩踏み出そうとしたが、できなかった。河岸に立つ二本の街灯の間に、不気味なもの[39]が見えていたからである。

おお、それは現実だったのだ！

衝撃のせいですでにふらつきながら、私は立ち止まった。

「最後に申し立てたいことがあります！」と私は弱々しく呻いた。

こうして、私はここに連れて来られたのである。[40]

自分の最後の意向を書き記す時間がほしい、と私は頼んだ。彼らは私の手の綱をほどいてくれた。綱はここにあり、いつでも私をまた縛れる状態にある。それ以外のものは階下にある。

49

判事か、警視か、検察官か、どういう種類か分からない男がひとりやって来た。両手を合わせ、両膝をついてにじり寄りながら、私は恩赦を請うた。彼は不吉な微笑みを浮かべて、言いたいことはそれだけかと答えた。

「恩赦を！　恩赦を！」と私は繰り返した。「さもなければ、後生ですからもう五分の猶予を！」[41]

39　断頭台である。

40　ここで、物語の時間は本章の冒頭に戻る。

どうなるか分からない。おそらく恩赦が与えられるだろう！　私の年でこんなふうに死ぬなんて、あまりに恐ろしい！　最後の瞬間に恩赦が与えられるというのは、これまでよくあった話だ。そして誰かに恩赦を与えるとすれば、ほかならぬこの私にではないだろうか。

あのいまわしい死刑執行人め！　彼は判事に近づいて言った。死刑は定められた時刻に執行しなければならない、その刻限が迫っている、自分は執行の責任者であり、それに雨が降っている、ギロチンが錆びるおそれがある、と。

「どうぞ後生ですから！　恩赦が来るのを待つため一分ください！　さもなければ私は抵抗します！　咬みつきますよ！」

判事と死刑執行人が出て行った。私はひとり残された。――ほかにいるのは二人の憲兵だけだ。

おお！　ハイエナのような叫び声を上げているおぞましい民衆！　――私は彼らから逃れられるかもしれないではないか？　私の命は助かるかもしれないではないか？　恩赦が……。恩赦を得られないなんて、ありえない！

ああ！　非道な者たち！　誰かが階段を上ってくるようだ……。

四時。

41 ルイ十五世の愛人デュ・バリー夫人（一七四三〜九三）は断頭台に上る前、「死刑執行人の方、もう一分だけください！」と言ったと伝えられる。その逸話を踏まえる。

C'est dans la rue du mail
ou j'ai été Colligé(1) malure (1) empoigné
par trois Coquin de rail(2) lir lon fa malurette (2) archers, obiers ; gendarmes
Sur mes sique ont fonce(3) lir lon fa maluré (3) ils se sont jettés sur moi

il mon mit la tartouve(4) lir lon fa malurette (4) les menottes
grand meudon est aboulé(5) lir lon fa maluré (5) le mouchard est arrivé
dans mon trimun(6) rencontre lir lon fa malurette (6) Chemin
un pigre(7) du Castier lir lon fa maluré. (7) voleur

vaten dire á ma largue(8) lir lon fa malurett (8) ma femme
que je suis en fourraillé(9) lir lon fa maluré (9) emprisonné
ma largue tout en Colere lir lon fa malurette
m'dit qu'á tu donc morfillé(10) lir lon fa maluré (10) qu'as tu donc fait ?
j'ai fait suer un Chemme(11) lir lon fa malurette (11) j'ai tué un homme
son sauberg j'ai engante(12) lir lon fa malaré (12) j'ai pris son argent
son sauberg et sa toquante(13) lir lon fa malurette (13) sa montre
et les atachés de ses (14) lir lon fa maluréé (14) ses boucles de souliers

ma largue pa̋rt pour Versaille lir lon fa malurette
au pieds de sa majesté lir lon fa maluré
elle lui lonce un babillard(15) lir lon fa malurette (15) elle lui présenta un placet
pour me faire défourraillé lir lon fa maluré

a si j'en défouraul lir lon fa malurette
ma largue j'antiferé(16) lir lon fa maluré (16) je parerai, j'attiferai
je li fere porte fontange lir lon fa malurette
et des souliers galuché(17) lir lon fa malure (17) à galoches
Mon grand dab (18) qui s' fiche, lir lon fa malurette, (18) le Roi
dis par mon cotoquet (19) lir lon fa maluré
je li fere dense une danse lir lon fa malurette (19) ma couronne mon chapeau
ou il n'y á pas de planché lir lon fa maluré

注記

この種の文学に関心のある人たちのために、死刑囚が残した文書の中から見つかった複写にもとづいて、隠語の歌をその解説付きで右ページに掲載する。[42] この複写は綴り字と書体すべてを正確に再現したものである。いくつかの語の意味が死刑囚の手で記されていた。最後の詩節には二行の詩句が挿入されているが、それも彼の手になるものと思われる。哀歌の他の部分は、別人の手になる。歌に強い印象を受けたその人間が、不完全なかたちでしか思い出せないので何とか手に入れようとし、牢獄で誰か達筆の者がそれを複写して彼に渡したのだろう。この複写によっても唯一再現できないのは、筆写に使われた紙片の外観である。それは黄ばみ、汚れていて、折り目の部分は破けている。

42　これは本書第16章で、主人公が耳にした歌を指す。復元された筆記体のテキストが示すように、中央部に歌詞が記され、その右側の欄外に隠語の注がつけられている。なおユゴー研究の泰斗ジャック・セバシェールによれば、最後に挿入された二行の詩句はユゴー自身の筆跡だという。この資料についてはその起源も含めて、それ以外のことは何も分かっていない。

ある悲劇をめぐる喜劇 1

登場人物

ブランヴァル夫人
騎士
エルガスト
哀歌詩人
哲学者
太った紳士
痩せた紳士
女性たち
従僕

客間

哀歌詩人、詩を朗読する

…………………………………………

翌日、人々は歩いて森を通っていた、
犬が一匹吠えながら、川沿いをさまよっていた。
そして涙にくれる美しい娘が
不安でいっぱいの思いを抱えて
古代の小城（シャテル）のいとも古い塔の上に腰掛けた時、
悲しげなイゾールは波のざわめきを聞いた、
しかしやさしい吟遊楽人の弾く
マンドーラ[2]の音はもはや聞こえなかった！

1　（原注）以下に読まれる対話形式の一種のまえがきを、われわれはここに再録すべきだと考えた。このまえがきは『死刑囚最後の日』第三版に付されていたものである。これを読むに際しては、いかなる政治的、道徳的そして文学的反論の中で本書の最初の諸版が刊行されたかを念頭に置くべきであろう。

聴衆一同
ブラヴォー！　すてきだ！　素晴らしい！

一同拍手

ブランヴァル夫人
詩の最後の部分には、涙を誘う何とも言えない神秘性がありますわ。

哀歌詩人、ひかえめに
惨事は隠されるものです。

騎士、頭を振りながら
マ、マ、マンドーラ、吟、吟、吟遊楽人、ロマン派ですな、これは！

哀歌詩人

ええ、そうです。ただし理性的なロマン派、真のロマン派です。やむを得ないでしょう。譲歩もいくらか必要ですから。

騎士

譲歩ですって！　譲歩ですって！　これだから良い趣味が失われるのです。次のような四行詩のために、ロマン派の詩句はすべて犠牲にしてもいいくらいですよ。

ピンドス山地とキティラ島[3]のいたる所で
ジャンティ＝ベルナール[4]は知らされた
《愛する術》が土曜日に

2　かつて使われた大型のマンドリン。
3　ピンドス山地はギリシア北西部にあり、詩神ムーサゆかりの地。キティラ島はエーゲ海に位置し、愛の女神アフロディーテ（ヴィーナス）信仰の中心地。
4　十八世紀の詩人（一七〇八〜七五）でポンパドゥール夫人に庇護され、『愛する術』と題された作品を残す。

《愛される術》の家に夕食に来ると。

これこそ真の詩というものですよ！《愛する術》が《愛される術》の家で土曜日に夕食をとる！　結構じゃないですか！　ところが今やマンドーラ、吟遊楽人です。今ではもう短詩が作られませんが、私が詩人なら短詩を書きますよ。しかしこの私は詩人ではありません。

哀歌詩人

とはいえ哀歌は……

騎士

短詩ですよ、あなた。（ブランヴァル夫人に小声で）それにシャテルはフランス語ではありません。カステルです。

誰か、哀歌詩人に向かって

ひとつ指摘したいことがあります。古代の小城と言いましたが、なぜゴチックの、ではないのですか。

哀歌詩人　詩ではゴチックと言えません。

誰か　ああ！　それはまた別の話です。

哀歌詩人、さらに続けて　お分かりでしょう、あなた。限定しなければなりません。私はフランス詩を解体しようとしたり、ロンサールやブレブーフ[5]の時代に戻ろうとする者ではありません。私

5　ロンサール（一五二四〜八五）、ブレブーフ（一六一七〜六一）はどちらもフランスの詩人。この一節は、批評家サント＝ブーヴの当時刊行されて間もない『十六世紀フランス詩概観』への仄めかしである。

はロマン派ですが、穏健なロマン派です。感情についても同様です。私が望むのは穏やかで、夢見がちで、憂いに満ちた感情であって、けっして血なまぐさい感情や恐怖心ではありません。惨事は隠しましょう。狂人や、錯乱した想像力の持ち主はいるもので……。ところで奥様方、新作小説をお読みになりましたか。

女性たち
どの小説かしら?

哀歌詩人
『……最後の日』

太った紳士
もうたくさんです! あなたがおっしゃりたいことは分かります。表題を聞いただけで神経が苛立ちます。

ブランヴァル夫人

私もですわ。ひどい本です。そこにありますよ。

人々は順番に本を手にとる。

女性たち

どれ、見てみましょう。

誰か、本を読みながら

『……最後の日』

太った紳士

やめてください、奥様！

ブランヴァル夫人

確かにこれはいまわしい本、悪夢にうなされるような、読む人の気分を害する本です。

ある女性、低い声で

それじゃ、ぜひ読まなくては。

太った紳士

習俗が日々ますます頽廃していることは認めざるをえません。ああ、何と恐ろしい考えでしょう！　死刑囚の男が処刑の日に感じる肉体的な苦しみと、精神的な苦悩をすべて何ひとつ省くことなく、次々と展開し、深め、分析するとは！　むごたらしいことではないでしょうか。信じられますか奥様方、こんなことを思いついた作家がいて、それを読む読者がいるなんて。

騎士

実際、きわめて不謹慎なことです。

ブランヴァル夫人

著者はどなたですか！

太った紳士

初版に作家名は記されていませんでした。

哀歌詩人

すでに他にも小説を二冊刊行した人です……。表題は忘れましたが。最初の作品は死体公示所（モルグ）[6]の場面から始まり、グレーヴ広場[7]で終わります。各章に人食い鬼が登場して、子供を食べるのです。[8]

6　死体公示所とは、パリ中心部に設置された身元不明の遺体を公示した場所で、誰でも自由に入れた。遺体の身元割り出しと、場合によっては犯罪捜査に活用された。

7　パリ中心部の、死刑が執行された場所。『死刑囚最後の日』でも描かれる。

8　ユゴーの処女小説『アイスランドのハン』（一八二三）。

太った紳士
あなたはそんな本を読んだのですか。

哀歌詩人
ええ。舞台はアイスランドです。

太った紳士
アイスランドとは恐ろしい！

哀歌詩人
作家はそのうえ頌歌(オード)や、バラードや、何やらそのようなものも書いていて、そこには青い、い、か、らだを持った怪物が登場するのです。

騎士、笑いながら
何たること！　それはきっと激しい詩句になるでしょうね。

哀歌詩人　彼はまた正劇（ドラム）も一作刊行しました——それは正劇と呼ばれるのです。その中に「明日、一六五七年六月二五日」という美しい詩句があります。[9]

誰か　ああ、あの詩句！

哀歌詩人　奥様方、お分かりでしょう、この詩句なら数字で書けます。

そう言って彼は笑う。皆も笑う。

9　ユゴーの戯曲『クロムウェル』（一八二七）の冒頭の句である。

騎士

現代の詩は特殊なものだね。

太った紳士

ああまったく！　この男は詩の作り方を知らないな！　名前は何というのだ。

哀歌詩人

発音するのも記憶するのもむずかしい名前です。名前の中にゴート人、西ゴート人、東ゴート人といった要素が含まれています[10]。

そう言って彼は笑う。

ブランヴァル夫人

卑しい人です。

太った紳士

おぞましい人間だ。

若い女性
彼を知っているある方が言ったところによると……。

太った紳士
彼を知っている人をあなたはご存知なのですか。

若い女性
ええ。その方が言うには、作家は穏やかで素朴な人で、隠遁生活をして、子供たちと遊んで日々を過ごしているということです。

哀歌詩人

---

10 作者ユゴーの名前に「ゴー」という音が含まれている。

そして夜は闇の作品を夢想する。——妙だ。ごく自然に詩句が一行できた。だって、これが詩句になっているのだから。

Et ses nuits à rêver des œuvres de ténèbres.

きちんと句切りもある。あとは脚韻を見つければいいだけです。そうだ！　不吉なfunèbres がいい。[11]

ブランヴァル夫人

彼が言おうとしたことはすべて詩句になった。[12]

太った紳士

件（くだん）の作家には幼い子供がいる、と先ほどおっしゃいましたね。そんなことありえませんよ。あんな作品を書いたのに！　恐ろしい小説！

誰か

それにしても、作者はどのような目的であの小説を書いたのでしょう。

哀歌詩人
私に分かるはずがありません。

哲学者
どうやら死刑廃止に協力するためらしいです。

太った紳士
何とおぞましい！

騎士

11 「そして夜は闇の作品を夢想する」の原文は十二音節のアレクサンドランと呼ばれる詩句になっている。「句切り」は第六音節と第七音節の間に置かれる。不吉な funèbres を末尾に置く詩句を加えれば、闇 ténèbres と韻を踏むことになる。
12 原文はラテン語。これは古代ローマの詩人オウィディウスが自分について言ったことで、いとも容易に詩を創作できるみずからの才能を指していた。

ああまったく！　死刑執行人との対決というわけですね。

哀歌詩人

作者はギロチンを心から憎んでいるのです。

痩せた紳士

まるで目に見えるようですよ。長々と論じているのでしょう。

太った紳士

いや、まったく。死刑に関する記述は二ページぐらいしかありません。あとはすべて印象を語っています。

哲学者

それが間違いなのです。この主題はじっくり考えるべきだったのです。正劇や小説は何も証明できません。私はあの本を読みましたが、不出来な作品です。

哀歌詩人

嫌悪すべき作品です！　あれが芸術でしょうか。度を越しているだけ、世間を騒がせているだけです。しかもあの犯罪者を私が知っているのならまだしも、まったく知らないのですから。あの男は何をしたのでしょう？　さっぱり分かりません。おそらく奇妙で、とても悪い奴に違いありません。知らない人間に私の関心を向けさせようとする権利は、誰にもないですよ。

太った紳士

読者に肉体的な苦痛を感じさせる権利も、誰にもありません。悲劇作品を見ていると、登場人物たちが殺し合いますが、まあそれは何ともありません。ところがこの小説ときたら、髪の毛が逆立つし、鳥肌が立つし、悪夢にうなされます。あれを読んだせいで、私は二日間寝込みました。

哲学者

しかも、冷酷で堅苦しい本です。

哀歌詩人

本！……本ですよ！……。

哲学者

ええ。——ただしあなたがさっき言ったように、真の美学がありません。私は抽象的な議論や、単なる観念には興味がありません。この本には、私の個性と一致するような個性の持ち主がひとりも登場しません。そのうえ文体が素朴でなく、明晰でもありません。古くさい感じがします。あなたが先ほど言ったのは、そのことですよね。

哀歌詩人

もちろん、もちろんです。ただし個性は必要ありません。

哲学者

死刑囚は興味を引きません。

哀歌詩人

どうして死刑囚が人々の興味を引けるでしょうか。死刑囚は罪を犯し、後悔の念を感じません。私だったら、まったく逆のことをしたでしょう。私なら、自分なりの死刑囚の物語を語ったでしょう。まともな両親のもとに生まれ、良い教育を受け、恋をして、嫉妬に駆られる。罪とも言えないような罪で、それから死刑囚は後悔の念を、大きな後悔の念を感じます。しかし人間の法は苛烈ですから、彼は死ぬべき定めです。そこで私は自分なりに死刑の問題を論じたでしょう。それなら結構でしょう！

ブランヴァル夫人

おやおや！

哲学者

失礼ですが、あなたが考えているような本は何も証明してくれません。特殊性が一般性を規定するわけではありません。

哀歌詩人　なんとまあ！　そのほうがいいではないですか。たとえば……マルゼルブ[12]、あの徳高いマルゼルブをなぜ主人公に選ばないのでしょう？　彼の最後の一日、彼の処刑をなぜ語らないのでしょう？　それこそ見事で、高貴な光景ではないでしょうか！　私なら涙を流し、震え、マルゼルブといっしょに死刑台に上ったでしょう。

哲学者　私はそうしません。

騎士　私もです。結局のところ、マルゼルブ氏は革命家だったのですから。

哲学者

マルゼルブの死刑台は、一般的に死刑が悪いという根拠にはなりません。

太った紳士

死刑ですって！　そんなことに関わって何になるのですか。死刑がどうだというのですか。このことに関して本を書いて、私たちに悪夢をもたらすなんて、著者はじつに性格が悪いです！

ブランヴァル夫人

ああ！　ええまったく、邪（よこしま）な心の持ち主です。

太った紳士

著者は私たちに監獄や、徒刑場や、ビセートルを無理やり見せるのです。じつに不愉快です。それが汚水溜のようなものだということはよく分かっていますよ。ですが、

12　フランスの政治家・法務官（一七二一～九四）。革命時代に死刑に処せられた。147頁注38参照。

上流社会にとってはどうでもいいじゃないですか。

ブランヴァル夫人

法律を作成した人たちは子供ではありませんでしたからね。

哲学者

ああ、しかしですね！　物事を正しく示すことで……。

痩せた紳士

まさにその正しさが欠けているのです。このような問題について、詩人が何を知っているというのでしょう？　少なくとも王室検事でなければいけません。いいですか、ある新聞があの本から引いてきた文章に、死刑判決が宣告された時、死刑囚は黙っていたとあります。ところがこの私は、その瞬間に大きな叫び声を上げた死刑囚を見たことがあるのです。――これでお分かりでしょう。

哲学者
失礼ですが……。

痩せた紳士
いいですか皆さん、ギロチンやグレーヴ広場は悪趣味です。その証拠に、あの本を読むと趣味が堕落し、純粋でみずみずしくて素朴な感情を抱けなくなるようです。私いったいいつになったら、健全な文学の擁護者が立ち上がってくれるのでしょう。私はアカデミー・フランセーズの一員になりたいし、私の批判はおそらくその権利をもたらしてくれるでしょう……。――ほらちょうど、アカデミー・フランセーズの一員であるエルガストさんがお見えになりました。あの人は『死刑囚最後の日』をどうお考えでしょうか。

エルガスト
じつは、あの本を読んだことがありませんし、読む気もありません。昨日セナンジュ夫人のお屋敷で夕食をとっていたら、モリヴァル侯爵夫人がメルクール公爵にその話をしていました。どうやら法曹界、とりわけダリモン裁判長に対して個人攻撃がなされているようです。フロリクール神父も憤慨していました。宗教を批判する章[14]や、王政を批判する章[15]があるらしいです。もし私が王室検事だったら……。

騎士

ああそうです、王室検事！　そして憲章！　出版の自由！　それにしても、死刑を廃止しようとする詩人がおぞましいということは、あなたがたも認めるでしょう。ああまったく！　旧体制下では、拷問に反対する小説を誰かがあえて出版しようものなら……。――ところがバスティーユ奪取[16]以降、人は何でも自由に書けるようになりました。書物は恐るべき害悪を引き起こしているのです。

太った紳士

恐るべき、です。――かつて人々は平穏で、何も考えませんでした。フランスでは時々、週にひとりの首があちこちで刎ねられていました。多くてもせいぜい週に二人の首でした。それも静かに、醜聞を引き起こすこともなく行なわれていたのです。

人々は何も言わなかったし、誰もそのことを考えませんでした。まったく考えませんでした。ところが一冊の本が……。――一冊の本が人々にひどい頭痛をもたらしています！

痩せた紳士
陪審員のひとりがあの本を読んだ後で、死刑宣告を下すとは！

エルガスト
それが人々の良心を混乱させているのです。

ブランヴァル夫人
ああ本なんて！　本なんて！　いったい誰が小説についてそんなことをいったので

14　本文の第30章。
15　本文の第40章。
16　フランス革命の始まり。

しょう。

　哀歌詩人
書物がしばしば社会秩序を転覆させる毒になる、というのは確かです。

　痩せた紳士
ロマン派の諸氏が大きく変えつつある言語については、言わずもがなでしょう。

　哀歌詩人
混同しないようにしましょう。ロマン派といってもいろいろです。

　痩せた紳士
どちらにしても悪趣味ですよ。

　エルガスト

あなたの言うとおり。悪趣味です。

痩せた紳士　その点については、反論の余地はありません。

哲学者、あるご婦人の肘掛け椅子にもたれながら　あの人たちは、ムフタール通り[17]でももはや誰も口にしないようなことを言っています。

エルガスト　ああ、嫌悪すべき書物だ！

ブランヴァル夫人

17　パリ南部の庶民街。

まあ！ その本を暖炉の火に投げ込まないでくださいね。貸し本屋のものですから。

騎士

われわれの時代の話をしてください。われわれの時代に比べて、趣味といい習俗といい、すべてが何と堕落したことでしょう！ ブランヴァル夫人、われわれの時代を覚えておいでですか。

ブランヴァル夫人

いいえ、覚えていませんわ。

騎士

われわれは最も穏やかで、陽気で、才気煥発な国民でした。いつでも華やかな祭典があり、美しい詩句があって、それは素敵でした。ダミアン[18]処刑の年である一七……年にマイイ元帥夫人[19]が催した、大きな舞踏会をめぐるラ・アルプ[20]氏の叙情短詩（マドリガル）以上に雅（みやび）なものがあるでしょうか。

太った紳士、ため息をつきながら

幸福な時代でした！　今では習俗も書物もおぞましいものです。ボワロー[21]の美しい詩句があります。

「そして習俗の頽廃の後には、芸術の衰退がやってくる。」

哲学者、小声で哀歌詩人に

この家では夕食をとるのですか。

18　国王ルイ十五世を襲った罪で、一七五七年、拷問の末死刑に処せられた。

19　オーギュスタン＝ジョゼフ・マイイ（一七〇八～九四）はフランスの大貴族で軍人、ギロチン刑に処せられた。

20　フランスの作家・批評家（一七三九～一八〇三）。

21　フランス古典主義を代表する作家のひとり（一六三六～一七一一）。ただし太った紳士が引用したのはボワローの詩句ではなく、十八世紀の詩人ジルベール（一七五〇～八〇）の詩句である。

哀歌詩人　ええ、まもなく夕食です。

痩せた紳士　今や人は死刑を廃止しようとして、そのために残酷で、不道徳で、悪趣味な小説を書いています。『死刑囚最後の日』とか何とか、そんなものです。

太った紳士　さあ、あの残忍な本の話はもうやめましょう。それより、ここでお会いしたのですから教えてください。私たちが三週間前に上告棄却したあの男を、どうするつもりですか。

痩せた紳士　ああ、少し待ってください！　ここでは休暇中なのですから、一息つかせてくださいよ。その件は帰ってからです。ただし、あまり時間がかかるようなら、検事に一筆書いておきましょう……。

従僕、客間に入ってきて

奥様、お食事の用意ができました。

一八三二年の序文

当初匿名で刊行されたこの作品の最初の二版の冒頭には、次のような数行が付されているだけだった。

「この書物がどうして存在するのか、二つの考え方がある。まず、実際に不揃いの黄ばんだ紙の束があって、そこにひとりの不幸な男が自分の最後の思いを一つひとつ書き留めていたのが見つかった。あるいは第二に、芸術のために人間性を観察することに関心をもつ人間、夢想家、さらには哲学者、詩人がいて、この書物で述べられている考えは彼の空想だった。彼はその考えをとらえ、あるいはむしろその考えにとらえられ、それを一冊の書物に投げ込むことではじめて解放された。

この二つの解釈のうちどちらを選ぶかは、読者の自由である。」

ご覧のように、この本が出版された当時、作者は自分の思想をすべてその時点で述べるのはふさわしくないと判断した。自分の思想が理解されるまで待つほうがいい、そもそもそれが理解されるかどうか見きわめるほうがいいと思った。思想は理解された。無邪気で素朴な文学形式のもとに広めようとした政治思想と社会思想を、作者はいまや明らかにできる。そこで作者は、『死刑囚最後の日』が、直接的なものであれ間接的なものであれ、死刑廃止の擁護にほかならないということを声高に宣言する、というかむしろ声高に告白する。作者がしようとしたのは、そして後世の人々がもしこのような些細なことに関心を抱いてくれるならば、その後世の人々に自分の作品から読み取ってほしいと願うのは、あれこれの選ばれた犯罪者や特別の被告にたいする、特殊で、つねに容易で一時的な弁護ではない。現在および未来のあらゆる被告に向けられた、全般的かつ永続的な擁護である。大きな破棄院である社会を前にして、大声で持ちだされ、弁護されるべき人権の要点である。あらゆる刑事裁判に先んじて、永久に通用するよう表明された最高の拒絶、流血への嫌悪である。法務官たちの血なまぐさい修辞に包まれた誇張の三重にもなる分厚い層におおわれ、あらゆる重大な裁判の根底でひそかに脈打っている、陰鬱で不可避の問題である。要するに生死をかけた問題であり、むき出しのありのままの状態で、検察当局の響きのいい持って回った表現を剝ぎ取られ、荒々しく白日のもとに晒された問題である。そしてそれが見られるべき場で、あるべき場で、そして実際ある場で、本来あるべき環境で、恐ろしい環境で、つまり法廷ではなく死刑台で、裁判官の側ではなく死刑執行人の側で、その問題が提出されたということである。

作者がなそうとしたことは以上である。それに対して未来がいつの日か栄光を授けてくれるならば——作者としてはそのような期待を抱いているわけではないが——、作者はそれ以外の誉れを望まない。

したがって作者は次のように言明するし、繰りかえし言う。あらゆる裁判所、あらゆる法廷、あらゆる陪審員、そしてあらゆる司法を前にして、作者は、無罪か有罪かを問わずすべての被告たちの名において弁護を展開する。この本は裁きを下す者すべてに向けられている。弁護が事件そのものと同じくらい大きな反響を呼ぶ必要がある。そのために、作者としては主題のいたるところで偶然性、偶発性、個別的なもの、特殊なもの、相対的なもの、変更可能なもの、挿話、逸話、事件、そして固有名を削除し、ある日何らかの罪で死刑に処せられるひとりの死刑囚を弁護することに限定せざるをえなかった（それが限定だとしての話だが）。実際、それゆえ『死刑囚最後の日』はあのように書かれているのだ。みずからの思想以外に手段のない中で十分問題を吟味したことによって、法務官の三重の青銅の鎧の下にひそむ心を揺り動かしたとすれば、作者は幸せである！　自分が正しいと思っている人々に同情の念を起こさせたとすれば、作者は幸せである！　そして裁判官の内面を掘り下げて、そこにひとりの人間を見出すことに時に成功したとすれば、作者は幸せである！

三年前この本が出版された際に、作品の構想は作者のものではないだろうと想像した人たちがいた。イギリスの本だ、いやアメリカの本だという推測が広がった。[1]物事の起源をはるか彼方に探し求め、通りを濡らすどぶ川の水源がナイル川だと見なすのは、何と奇妙な癖だろう！　残念ながら、ここにはイギリスの本も、アメリカの本も、中国の本もない。作者は『死刑囚最後の日』の構想を書物から得たのではないし、それほど遠くまで構想を探しにいく習慣は持ちあわせていない。人が誰でも構想を得ら

1　死刑と監獄制度は当時しばしば論じられた問題で、アメリカやイギリスでもそれを論じた記事が発表されていた。

れるようなところ、おそらく実際に得ただろうところ（というのも誰しもが心の中で『死刑囚最後の日』を書いたか、あるいは夢想したのではないか）、単に広場で、グレーヴ広場で構想を得たのである。ある日そこを通りかかった作者は、ギロチンの赤い木組みの下に広がる血だまりの中に横たわるあの宿命的な構想を拾いあげたのだ。

それ以来、破棄院の不吉な木曜日の成り行きにおうじて、パリの町に死刑判決の叫びが響くあの日が来るたび、グレーヴ広場に向かうよう見物客たちをたきつける嗄れた喚き声が窓の下を通っていくのを耳にするたび、そのつど辛い想念が甦り、作者の心をとらえ、作者の頭は憲兵や、死刑執行人や、群衆のことでいっぱいになった。その辛い想念は、死にかけているみじめな男の最後の苦しみを刻一刻と作者に思い起こさせ——いま彼は告解をしている、いま彼は髪を切られている、いま彼は手を縛られている——、哀れな詩人にすぎない作者にたいして、この醜悪なことがなされている間も平然とみずからの仕事を果たしている社会に向かってそうした苦しみを伝えるよう督促した。そして作者をせかし、促し、揺り動かし、作者が詩を創作している時は頭からその詩句を引きはがし、下書きされたばかりの詩句を破壊し、作者のあらゆる創作活動を妨げ、あらゆることを妨害し、作者を包囲し、作者に取り憑き、責め苛んだ。それは夜明けとともに始まり、同じ時にひどく苦しんでいるみじめな人間の責め苦と同じように四時まで[2]続く責め苦だった。そうなってはじめて、大時計の不気味な音とともに頭を垂れて彼が死ぬと[3]、作者は一息つき、いくらか精神の自由を取り戻すのだった。ついにある日、それはユルバック[4]が死刑執行された日の翌日だったと思うが、作者はこの本を書き始めた。それ以降、作者はほっとした。法的執行と呼ばれるこうした公の犯罪がおかされた時、作者の良心は、自分はもはやそれに連帯していないと告げた。グレーヴ広場から社会の共同体の全成員の顔に向かって飛び散るあの血の滴も、作者はもはや自分の額に感じることはなかった。

しかし、それで十分ではない。流血の責任を免れるのはいいことだが、流血を防ぐ

2　死刑は午後四時に執行されるのが通例だった。

3　原文はラテン語で、『福音書』中で十字架上でのキリストの死を伝える一文である。ユゴーは死刑囚の死とキリストの死を同一化している。

4　ルイ・ユルバックは恋人を殺害した罪で、一八二七年九月十日に死刑に処せられた。ユゴーは『死刑囚最後の日』の執筆を開始する一年前（本文で言われているような一日前ではない）に、この死刑執行を目撃したらしい。

のはもっといいことだ。

そこで作者としては、最も高貴で神聖でおごそかな目標をめざすことにした。死刑廃止に貢献することである。したがって、諸革命も引き抜くことのできなかった唯一の柱であるあの絞首台の柱を倒そうと、数年前から働きかけている諸国民の高邁な人々の願いと努力に、作者は衷心より賛同する。キリスト教文明において数世紀前から聳えてきた古い絞首台に、いまから六十六年前にベッカリーア[5]がつけた切り込みに、か弱いとはいえ作者もまた喜んで斧を打ち込み、できるかぎりその切り込みを広げたいと思う。

今しがた述べたように、死刑台は革命も破壊できない唯一の建造物である。実際、革命が人間の血を流さないことは稀だし、社会の余計な部分を削り、無駄な枝を切り落とし、社会の頭頂部を切り取るために革命は起こるのだから、死刑は革命がいちばん手離したがらない鎌のひとつである。

とはいえ私たちは打ち明けよう。もし死刑を廃止するのにふさわしい、そしてそれができると思われた革命があるとすれば、それは七月革命[6]だった。実際、ルイ十一世、リシュリュー、ロベスピエールらが施行した野蛮な刑罰を廃止し、人命の不可侵性を法の前面に書き込むのは、近代において最も穏やかなあの民衆運動の役目だったはずだ。一八三〇年は一七九三年のギロチンを破壊するにふさわしかった。

一時期、私たちはそう期待した。一八三〇年八月、多大な寛容さと憐憫の情が広がり、民衆の間には温和と文明の強い精神がただよい、幸福な未来が近いというので人々の心は晴れやかになっていたから、私たちを苦しめてきた他の悪事と同じく、死刑は皆の暗黙の了解のもとで当然いっきに廃止されるものと思われた。国民は旧体制のぼろ布を燃やして、祝いのかがり火にしたばかりだったし、死刑は血なまぐさいぼろ布だった。私たちは死刑もぼろ布の山に捨てられ、他のぼろ布同様燃やされたと思った。そして数週間、信じやすくてお人好しの私たちは、この先、人命と自由は不可侵になると信じたのである。

そして事実、二か月も経たないうちに、チェーザレ・ボネサーナの崇高な夢想を法的な現実に変えようとする試みがなされた。

5 チェーザレ・ボネサーナ・ベッカリーア、イタリアの法学者(一七三八〜九四)。主著『犯罪と刑罰』(一七六四)の中で拷問と死刑の廃止を唱えた。

6 一八三〇年に起こった革命で、ブルボン朝が倒れ、より自由主義的な七月王政が成立した。

残念ながら、この試みは拙く、不手際で、ほとんど偽善的であり、一般の利益とは異なる利益のために実行された。

思い出してほしいのだが、一八三〇年十月、ナポレオンを記念柱の下に埋葬しようという提案が議事日程によって退けられた後、議会全体が涙を流し、喚きはじめた。死刑の問題も俎上に載ったが、それがどのような経緯だったかは後述する。その時、あらゆる立法官たちの臓腑が突然、素晴らしい憐憫の情にとらわれたようにみえた。誰もが我先にと声を上げ、嘆き、天に向かって手を振りあげた。死刑とは、ああ何と恐ろしい！　論告の血に浸したパンを生涯にわたって口にし、赤い法衣に包まれて髪が白くなったある老いた検事総長でさえ、突如哀れっぽい表情をつくり、ギロチン刑には憤慨していると神に誓ったものだ。二日間、議会の演壇には泣き女よろしく演説する者がひきもきらずに上った。それは哀歌、鎮魂歌、悲痛な詩句のコンサート、「バビロニアの川のほとりで」、「悲しみの母は立てり」[7]、そして合唱付きハ調の大交響曲だった。その交響曲は、議会の前列に位置どり、おごそかな日にはじつに見事な音を出す雄弁家たちの楽隊によって演奏されたのだった。ある者は低音を、ある者は裏声を出した。すべてが揃っていた。事はこれ以上ないほど悲愴で、哀れさにみちていた。とりわけ夜の審議は、ラショセの芝居の第五幕のように感動的で、温情にあふれ、悲痛だった。善良な聴衆は何も理解できなかったが、目に涙を浮かべていた。

要するに何が問題になっていたのか。死刑の廃止か？

然りであり、否である。

事の次第は次のとおりだ。

貴族のサロンで出会い、おそらく丁寧な言葉をいくらか交わした人たちの中に四人の上流社会の男、四人の申し分ない男がいた。その四人の男が政治の上層部で、ベーコンが犯罪と呼び、マキャヴェリが企てと呼ぶ大胆な行動に出た。犯罪であれ企てであれ、万人にとって容赦ない法はそうした行動を死で罰することになっていた。こうして四人の不幸な男は逮捕され、法の囚われ人となり、ヴァンセンヌ監獄の美しい丸

7　それぞれ聖書の『詩篇』、『福音書』にもとづく聖歌。
8　フランスの劇作家（一六九二～一七五四）、お涙頂戴風の作品で有名だった。
9　（原注）この時議会で言われたことをすべて、同じように蔑むつもりはない。見事で立派な演説もいくつかあった。ラファイエット氏の簡素で威厳ある演説や、印象は異なるがヴィルマン氏の素晴らしい即興演説には皆と同じように私たちも拍手喝采した。

天井の下で三色帽章をつけた三百人の兵士に見張られることになった。[10] 何をすればいいのか、どのようにすればいいのか？ あなた方や私と同じような四人の男、四人の上流社会の男を汚らわしくも太い綱で縛り、背中合わせにして、それが誰と名指することさえ憚られる役人[11]といっしょに荷馬車に乗せてグレーヴ広場に送ることなど論外だった。マホガニー製のギロチンがあったならまだしも！

というわけで、死刑を廃止すればいいということになった！

そこで、議会は仕事に取りかかった。

皆さん、注意していただきたい。つい昨日まであなた方は、この死刑廃止論をありえない話だ、空想だ、理屈だ、夢物語だ、狂気の沙汰だ、単なる詩だと言っていた。荷馬車や、太い綱や、恐ろしい真っ赤な装置にあなた方の注意を引こうとしたのはこれが最初ではない。それなのにこの不気味な道具が突然あなた方の目に飛び込んできたのは、奇妙な話である。

なんだ！ そういうことだったのか！ 私たちが死刑を廃止するのは、民衆よ、あなた方のためではなく、大臣になるかもしれない私たち議員のためなのである。ギヨタンが考案した機械装置[12]が上流階級に嚙みつくことを私たちは望まない。私たちはギロチンを破壊する。それで皆が喜ぶなら、それで結構だが、私たちは自分のことだけを考えたのである。隣のウカレゴン[13]の家が燃えている、というわけだ。火を消そう。急いで、死刑執行人を廃止しよう、法律を削除しよう。

こうして利己主義の混じった不純物が、最も立派な社会制度を変え、変質させる。それは白い大理石に含まれる黒い筋のようなものだ。いたるところに走り、彫刻家の鑿の下で絶えず不意に現われる。彫像はそのつど造り直さなければならない。

確かに、ここで言明する必要はないことだが、私たちは四人の大臣の死刑を要求した者ではない。この不幸な者たちがいったん逮捕されてみると、私たちにとっても他

10　王政復古期の一八三〇年七月、ポリニャックなど国王シャルル十世の四人の大臣が反動的な政令を発布し、それが原因で七月革命につながった。七月王政期に入った一八三一年九月、四人の元大臣は議会の弾劾裁判にかけられた。右翼の政治家たちは彼ら四人を救うために、政治犯罪における死刑廃止を提案した。

11　死刑執行人のこと。

12　ギロチンのこと。ギロチンをフランス語では、ギヨタン Guillotin の名にちなんで guillotine と言う。

13　ウェルギリウス『アエネーイス』第二歌より。トロイア炎上を語る一節。

のすべての人にとっても、彼らの犯罪に対して覚えた強い怒りの念は深い憐憫に変わった。彼らの数人が偏った教育を受けていたこと、中心人物の精神が狭量なこと、彼が一八〇四年の陰謀事件の狂信的で執拗な再犯者であり、国家の監獄のじめじめした闇の中で年より早く白髪になってしまったこと、男たちの共通した立場がもたらす避けがたい必然性、一八二九年八月八日[14]、王政が全速力で身を投じた急な坂道では立ち止まれなかったこと、私たちがそれまで国王自身の影響力を過小評価していたこと、そしてとりわけ彼らのひとりが、緋色の外套で身を包むように自分たちの不幸を威厳で包みこんでいたことを思った。私たちは、彼らの命が救われることを衷心から望み、そのため献身的に尽くそうとした者である。もし万が一にも、彼らの死刑台がグレーヴ広場に設置されたなら、それをなぎ倒そうと暴動が起こっただろうことを疑わないし、それが幻想なら、幻想を棄てたくない。そしていまこの文章を書いている者は、その神聖な暴動に加担しただろう。というのは、これもはっきり言うべきなのだが、社会の危機のさなかにあって、あらゆる死刑台のうちで政治的な死刑台が最もおぞましく、最も不吉で、最も有害で、最も排除すべきものだからである。この種のギロチンは通りの敷石に根づき、短期間のうちに地面のいたるところから挿し穂のように芽吹いてくる。

革命時代には、最初に刎ねられる首に注意しなければならない。それが首に対する民衆の欲求をそそることになるからだ。

私たちは個人的には、四人の大臣を助命しようとする人たちと同意見だった。感情的な理由であれ政治的な理由であれ、とにかく同意見だった。ただし、死刑廃止を提案するのに議会が別の機会を選んでくれたほうが良かったと思う。

チュイルリー宮殿からヴァンセンヌ牢獄に落ちた四人の大臣ではなく、誰でもいいから街道に出没する泥棒や、みじめな人間に関して、この望ましい廃止を提案してほしかった。みじめな人間が道でそばを通り過ぎても、あなた方はほとんど目を向けないし、話しかけないし、埃っぽい服を着た彼らと触れ合うことを本能的に避ける。彼らは不幸な者たちで、子供の頃はぼろをまとい、裸足で辻の泥の中を走りまわり、冬は川端で寒さに震え、あなた方が夕食をとるヴェフール氏のレストラン[15]の調理場の通

14　この日、ポリニャックを首班とする新内閣が組閣された。
15　ジャン・ヴェフールが経営していたパリの有名なレストランで、ユゴー自身も常連客の一人だった。

気孔で暖まり、あちこちの汚物の山の中からパン屑を見つけ出し、汚れを落としてから口にし、一日中どぶを一本の鉤で掻き回してわずかな金を見つけ、楽しみといえば国王の祝祭という無料の見世物と、やはり無料の見世物であるグレーヴ広場での処刑しかない。この哀れな者たちは飢えのせいで盗みをはたらき、盗みからさらに別の悪事へと落ちていく。それは冷酷な社会が生みだす恵まれない子供たちであり、十二歳で感化院に入り、十八歳で徒刑場に送られ、四十歳で死刑台に送られる。不幸な者たちだが、学校と作業場をあたえていれば、善良で道徳的、有益な人間に変えられただろう。それなのにあなた方は彼らをどう扱っていいか分からず、役に立たない重荷のように、ある時はトゥーロンの赤い蟻塚のような徒刑場に、またある時はクラマール[16]の静かな囲い地に閉じこめて、彼らから自由を取り上げた末に生命までも奪う。もしこのような人々のために死刑廃止を提案したのであれば、ああ、その場合には、あなた方の審議はじつに立派で、偉大で、神聖で、威厳にみち、尊敬すべきものだったろう。トリエントのいかめしい司教たちは異端者の改宗を願っていたので、神の臓腑の名において異端者をも公会議に呼び集めたものだが[17]、それ以来人間の集会がこれほど崇高で、華々しく、慈悲にみちた光景を世界に示したことはなかっただろう。弱い者や卑小な者に配慮するのはいつでも、真に強く偉大な者たちの役割である。不可触民の立場に配慮するバラモン教徒の会議は立派である。そしてここで言う不可触民の立場とは、民衆の立場のことである。あなた方が直接その問題に関与するのを待たず、民衆のために死刑を廃止していれば、あなた方は政治行動以上のこと、社会行動をしたことになるだろう。

それなのにあなた方は、死刑を廃止するために廃止するのではなく、クーデタの実行犯である四人のつまらない大臣を救うために廃止しようとしたのだ！　あなた方は政治行動さえしなかった。

そこで何が起きたか。あなた方が真摯でなかったので、人々は不信感を抱いた。民衆は自分たちが騙されそうになっていると気づいてこの問題全体に憤慨し、驚くべきことに、みずからがその重みを負っている死刑に賛成する態度を示したのである。あなた方の拙劣さが民衆をそこまで追い詰めたのだ。この問題に遠まわしに、不誠実に

16　パリ南西の町で、死刑囚の遺体が埋葬される墓地があった。
17　一五四五～六三年にトリエントで断続的に開催されたカトリック教会の公会議を指す。カトリック側の対抗改革の路線を協議した。

取り組んだせいで、あなた方はその後長い間にわたって問題を歪めてしまった。あなた方は喜劇を演じ、観客から野次られたのだ。

とはいえ、親切にもこの笑劇をまじめに受け取った人たちがいる。例の審議の直後に、廉直な人間である法務大臣があらゆる死刑執行を無期限に停止すべし、という命令を検事総長たちに下した。一見、それは大きな一歩だった。死刑に反対する者たちは一息ついたが、幻想は長く続かなかった。

大臣たちの裁判が終結した。どのような判決が下されたのか、私は知らない。四人の命は救われ、死と自由の中間地帯としてアム[18]が選ばれた。こうしたさまざまな妥協策が取られると、政治指導者の脳裏から恐怖心が消え、恐怖心とともに人間性も失われた。死刑廃止はもはや問題にならなかった。そしてもはや必要なくなったので空想はただの空想になり、理屈はただの理屈になり、詩は単なる詩にすぎなくなった。

しかし監獄にはいつでも一般人の不幸な死刑囚がいて、五、六か月前から中庭を歩きまわり、空気を吸い、いまや平静で、生きられることを確信し、執行猶予を恩赦だと感じていた。だが待ってほしい。

じつを言えば、死刑執行人はとても恐れた。立法家たちが人間性とか、博愛とか、進歩について語るのを聞いた日には、自分がもう終わりだと思った。そこでこの哀れな男は身を隠し、ギロチンの下でうずくまり、真昼に外に出た夜鳥のように七月の太陽を浴びて不安な気持ちになり、人々から忘れ去られようと努め、耳をふさぎ、息をひそめた。半年間、死刑執行人の姿が見えなくなった。彼は死んだふりをした。そのうちしだいに、彼は暗闇の中で安心した。議会のほうに耳をそばだてたが、もう自分の名前が口にされることはなかった。かつて彼があれほど恐れた朗々たる演説の言葉はもはや耳に入ってこなかったし、『犯罪と刑罰』を大げさに註釈する者もいなかった。人々はまったく別のこと、何か社会の重大な利害に関わること、村道や、オペラ＝コミック座の補助金や、十五億フランの肥大した予算から十万フランの損失が出たという話に対処していた。もう誰も首切り役人の彼のことを考えていなかった。それをみて男は安心し、隠れ処から頭を出し、四方を見渡す。ラ・フォンテーヌの『寓話』に出てくる二十日鼠よろしく一歩、それから二歩と進む[19]。それから思い切ってギロチ

18　フランス北部の町で、大きな城塞があった。
19　ラ・フォンテーヌの『寓話』（一六六八）第三巻の十八「ネコと老練なネズミ」の挿話を踏まえる。

ンの下から完全に外に出ると、死刑台に上がり、ギロチンを修理し、復元し、刃を研ぎ、撫でまわし、試しに使って、ぴかぴか光らせ、使用しなかったせいで調子が狂っていた古く錆びついた装置に、再び脂を塗りはじめる。そして突然、彼は振り向き、どこかの監獄にいてまだ生きられると期待していた不幸な人間のひとりに適当に目をつけて髪をつかみ、自分のほうに引き寄せ、身の回りのものを取りあげ、綱でつなぎ、鎖で縛りつける。こうして死刑執行が再開された。

これは恐ろしいことだが、事実なのだ。

そうなのだ、不幸な囚人たちには六か月間の執行猶予があたえられた。彼らはまた生きられると思っただけに、これでは根拠なく刑を重くされたようなものである。その後理由もなく、必然性もなく、なぜかよく分からないまま、気晴らしに、ある朝執行猶予が取り下げられ、それらの人間が冷酷にも不当な犠牲者にされた。ああ、何たることか！　あなた方に尋ねたい、彼らが生きているからといって私たちに何の害があるというのか？　フランスには誰もが吸えるだけの十分な空気があるではないか。

ある日、そんなことはどうでもいいと思っていた法務省の下劣な役人が椅子から立ち上がって、「さあ！　もう誰も死刑廃止など考えていない。ギロチン刑を再開すべき時だ！」と言ったとしたら、この男の心中で何かきわめて醜悪なことが生じたに違いない。

しかもこれは言っておきたいが、七月の執行猶予が廃止されて以降、死刑執行はかつてないほど残酷な状況で行なわれるようになったし、グレーヴ広場での出来事がこれほど不愉快だったことはないし、死刑のおぞましさをこれほどよく証拠立てたこともない。このように恐怖が募ったことは、死刑という流血の法律を再施行した者たちが当然受けるべき罰である。彼らは自分たちがなしたことで、罰せられるがいい。当然の報いだ。

ここで、ある種の死刑執行がどれほど恐ろしく、不敬なものかを示す二、三の例を挙げておこう。王室検事の奥方たちの神経を少し痛めつける必要がある。時として、女はひとつの良心だから。

南仏で、去年の九月末頃に起こったことである。場所、日付、死刑囚の名前ははっきり記憶していないが、もし本当かと反論されれば見つけてこよう。パミエ[20]だったと思う。とにかく九月末頃、ある男が監獄の中で静かにトランプ遊びをしていたら、人が迎えに来て、二時間後に死ぬことになると男に告げた。男は六か月間忘れ去られ、もう死ななくてもいいと思っていたので、全身で震えだした。男はひげを剃られ、髪を刈られ、綱で縛りあげられ、告解させられた。それから四人の憲兵に取り囲まれながら、群衆の間を手押し車で処刑場まで運ばれた。ここまではごく平凡な話である。事はいつもこのように行なわれるのだから。死刑台に着くと、死刑執行人が男を司祭の手から受け取り、台の上にあげ、ギロチンの跳ね板に縄で結わえつけ、隠語を用いるならば男を窯に入れ、それからギロチンの刃を落とした。重い鉄の三角形はなかなか滑らず、溝の中で揺れながら落ちた。そしてここから、おぞましい場面が始まる。ギロチンの刃は男を傷つけたが、命を絶てなかった。男はひどい叫び声を上げる。狼狽した死刑執行人はギロチンの刃を引き上げ、あらためて落下させる。刃は受刑者の首に再び喰いこむが、やはり首は落ちない。受刑者は喚き、群衆も喚く。死刑執行人はもう一度ギロチンの刃を引き上げ、三度目はもっとうまくいくだろうと期待する。しかし、そうはならなかった。三度目の打撃で、死刑囚のうなじから三度目の血がほとばしり出るが、首はやはり落ちない。先を急ごう。ギロチンの刃は五回上がっては落ち、五回死刑囚を傷つけ、死刑囚はそのつど五回喚き、生命ある頭を振って助けてくれと叫んだ。憤慨した民衆は石を手に取り、当然のことだがみじめな死刑執行人に向かって投げ始めた。死刑執行人はギロチンの下に逃れ、憲兵が乗る馬の背後にうずくまった。だが、これで終わりではない。死刑囚は自分が死刑台にひとり残されたと知って、跳ね板のうえで起き上がり、そのまま、恐ろしい形相で血をだらだら流し、半ば切断されて肩のうえに落ちかかった首を支えながら、か細い声で縄をほどいてくれと頼んだ。憐れみの情に駆られた群衆はいまにも憲兵たちを押しのけ、五回も死刑を被った不幸な男を助けようとした。その時、死刑執行人の助手である二十歳ぐらいの若者が死刑台に上り、縄を解くから後ろを向けと受刑者に言った。そして、不信を抱かず彼の言うとおりにした瀕死の男の状態につけ込んで彼の背中に飛びかかり、肉屋の包丁のようなもので、首の残りをやっとのことで切り離したのである。実際そのように行なわれ、人々が見たのだ。間違いない。

法の条文にしたがって、裁判官がひとりこの死刑執行に立ち会ったはずである。彼は合図ひとつで、すべて中止させることができた。ところがひとりの男が虐殺されて

20　南仏、ピレネー山麓の町。ただしこれはユゴーの記憶違いで、実際はアルビでの出来事。問題の死刑囚はピエール・エブラールという名だった。

いる間、この裁判官は馬車の奥で何をしていたのか。白昼彼の目の前で、馬の鼻先で、馬車の扉のガラス窓の下で殺人が行なわれていた間、殺人者を罰するこの裁判官は何をしていたのか。

だが裁判官が裁かれることはなかったし、死刑執行人が裁かれることもなかった！　神の被造物のひとりである男の聖なる人格にたいして、あらゆる法が極悪非道に侵犯されたのに、どの法廷もそのことを調査しなかったのである！

野蛮な刑法の時代である十七世紀、リシュリューやクリストフ・フーケ[21]が支配した時代に、シャレー氏[22]がナントのブフェー地区[23]で不器用な兵士によって処刑された。兵士は剣で一突きする代わりに、手斧で三十四回も切りつけたのである[24]。少なくともそれは、パリ高等法院からみれば規則違反だった。調査と裁判が行なわれた。リシュリューもクリストフ・フーケも処罰されなかったが、兵士は処罰された。確かに不公平だが、その根底にはそれなりの正義もあった。

ところが今の場合、正義はまったくない。事が起こったのは七月革命の後、穏やかな習俗と進歩の時代であり、議会が死刑を嘆く有名な宣言を出してから一年後のことである。それなのに！　この事は人々にまったく気づかれずに終わった。パリの新聞はそれを単なる逸話として公にしただけであり、誰ひとり心を動かさなかった。分かったことと言えば、死刑執行人を妨害しようとした誰かがわざとギロチンの繋ぎ目を外しておいたことである。死刑執行人の助手の仕業であった。主人から追い出された彼は、意趣返しのためにこのような悪意ある行為をしたのである。

それは悪戯にすぎなかった。先を続けよう。

三か月前ディジョンで、ひとりの女が死刑台に連れ出された（女である！）。その時もまた、ギヨタン博士の刃がうまく働かず、首は完全には切断されなかった。すると死刑執行人の助手たちが女の両足をつかみ、哀れな女が叫び声をあげる中で、何度も足を引っぱり、揺り動かすことで、女の体から首を無理やり引き離したのだった。

21　おそらくフランソワ・フーケ（一五八七〜一六四〇）の間違い。リシュリューの下で参事官を務めた。
22　シャレー伯爵はリシュリューに対する陰謀を企てた罪で、一六二六年に斬首された。
23　ナントはフランス西部の都市。ブフェー地区はナント中心部の古い界隈。
24　（原注）ラ・ポルトによれば二十二回だが、オブリーによれば三十四回である。シャレー氏は二十回も叫び声を上げたという。

パリでは今や、秘密裡の死刑執行の時代に戻りつつある。七月革命以降、グレーヴ広場でもはや首が刎ねられることはないし、人々は恐怖を感じ、臆病になっているので、たとえば次のようなことが行なわれている。最近ビセートル監獄からひとりの男、ひとりの死刑囚が引っ立てられた。デザンドリューという名前だったと思う。あらゆる面が閉じられ、錠前と閂のついた一種の二輪車かごに男は入れられた。それから前後に憲兵がひとりずつ付き、人混みのない中あまり音も立てずに、そのかごの荷物は人気のないサン゠ジャック市門に届けられた。着いたのは朝の八時で、ようやく夜が明けた頃だった。つい今しがた設置されたギロチンがあり、見物客といえば、予期せぬ装置の近くの石の山に集まった十二人ほどの少年だけだった。男はすぐにかごから引き出され、息をする暇もなくこっそり、陰険に、恥ずべきやり方で首を刎ねられた。これが、高等司法が施行するおごそかな公式の行為と呼ばれるものである。なんと恥ずべき茶番であろう！

いったい役人たちは、文明という言葉をどのように理解しているのだろうか。私たちはどうなっているのだろうか。司法は策略と詐欺に、法は弥縫策に堕してしまった！　なんと醜悪なことだろう！

社会がこのように危険人物扱いするところをみると、死刑囚というのはよほど恐るべき者に違いない！

しかし公正になろう。死刑は完全に秘密裡だったわけではない。朝にはいつもどおりパリの辻で、死刑宣告があったと大声で告げ、それを記した記事を売った人がいる。それを売って暮らしている人たちがいるようなのだ。お分かりだろうか？　不幸な者の犯罪、処罰、拷問、そして断末魔を利用して誰かが記事を作り、一スーで売って糧にしているのだ。血の中で緑青に覆われるこの一スー硬貨以上におぞましいものが考えられるだろうか。いったい誰がその硬貨を拾うのか。

以上のとおり、事実は十分挙げた。多すぎるくらいだ。それは恐ろしいことではないだろうか。死刑を支持するのに、どのような理由を持ちだせるのだろうか。

私たちは真剣にこの問いを発している。返答を求めて、問いを発している。お喋りな教養人ではなく、犯罪学者たちに向けて問いを発している。死刑はすぐれた制度だとして、他の主題同様、逆説を弄する文章を書くための口実にしている者がいることを、私たちは知っている[25]。また、死刑を非難する誰それを嫌っているという理由だけで、死刑を好む人たちもいる。彼らにとってはほとんど文学的な問題、個人の問題、固有名の問題にすぎない。それは嫉み深い者たちで、善良な法律家にも偉大な芸術家にもそうした者が付きまとう。ミケランジェロのような人に対してはトリジアーニのような人が、コルネイユのような人に対してはスキュデリーのような人がいるように、フィランジエーリのような人に対してはジュゼッペ・グリッパのような人がかならずいるものなのだ[26]。

私たちはそのような人たちではなく、厳密な意味での法務官や、弁証家や、思想家や、死刑をそれ自体ゆえに、その美や善や恩恵ゆえに支持する人たちを相手にしている。

さあ、彼らに根拠を示してもらおう。

判決を下し、有罪を宣告する者たちは、死刑が必要だという。なぜなら第一に——社会という共同体から、それに害をなし、これからも害をなすかもしれない成員を排除することが重要だからである。——もしそれだけなら、終身刑で十分なはずだ。死刑が何の役に立つというのか。監獄から脱走するかもしれない、と反論されるだろうか? 監視をより厳重にすればいい。監獄の鉄柵が十分頑丈でないと思うならば、どうして動物園を作ったりするのか。

看守だけで十分なところに、死刑執行人は必要ない。

しかし、とさらに続けるだろう。――社会は復讐すべきだし、罰するべきだ、と。――どちらも当てはまらない。復讐は個人がすべきだし、罰するのは神の領域である。

社会は両者の間に位置する。処罰は社会を超えるし、復讐は社会が行なうのに値しない。それほど重大なことや、それほど卑小なことは社会にふさわしくない。社会は「復讐のために罰する」べきではない。改善するために矯正すべきなのだ。犯罪学者の公式をそのように変えてほしい、そうすれば私たちも理解し、賛同するだろう。

残るは最後の第三の根拠、見せしめの理論である。――見せしめが必要なのだ！

25 ここでユゴーが考えているのは、反革命の思想家ジョゼフ・ド・メストル（一七五三～一八二一）である。代表作『サンクト＝ペテルブルグの夜』で、死刑と執行人を擁護する議論を展開した。

26 トリジアーニはイタリアの彫刻家、スキュデリーはフランスの作家、グリッパはイタリアの法学者で、それぞれミケランジェロ、コルネイユ、フィランジエーリ（イタリアの法学者で、ベッカリーアに近い思想を展開した）の才能に嫉妬した。

犯罪者がどのような運命に見舞われるかを見せつけることで、模倣しようとする者たちに脅威をあたえなければならない！　――これが、ほぼそのままずっと繰り返されてきた文言であり、フランスにある五百の検事局によるすべての論告は、多少響きが異なるとはいえその変奏にすぎない。いやはや！　私たちはまず、見せしめは機能しないと主張する。人々が死刑を目撃したからといって、期待されている効果が生じるわけではない。それは民衆を教化するどころか、不道徳にし、民衆の心に宿るあらゆる思いやりの情を、したがってあらゆる美徳を破壊してしまう。証拠には事欠かないし、それをすべて列挙しようとしたら、議論の妨げになるだろう。とはいえ数多(あまた)の事例からひとつだけ、ごく最近の事例なので指摘しておきたい。いまこの文章を書いている時点から、ほんの十日前のことである。謝肉祭(カーニバル)最後の日、三月五日だった。サン＝ポル[27]で、ルイ・カミュという名の放火犯が処刑された直後、まだ血に煙る死刑台のまわりに仮面行列の一団がやって来て踊った。見せしめをするがいい！　謝肉祭最後の火曜日はあなた方の鼻先でせせら笑うだけだ。

　こうした経験にもかかわらず、あなた方が見せしめという旧態依然とした理論に固執するのなら、私たちを十六世紀に連れ戻してほしい、ほんとうに恐ろしい人間になってほしい。多様な刑罰や、ファリナッチや[28]、正式な拷問執行人を復活させたらい い。絞首台、車裂きの刑、火刑台、吊り落としの刑、耳そぎの刑、八つ裂きの刑、生き埋めの刑、釜茹での刑を復活させたらいい。店がまたひとつ開くように、新鮮な人肉を常に並べた死刑執行人のぞっとするような陳列台をパリのあらゆる辻に置いてもらいたい。モンフォーコン[29]、その十六本の石柱、むき出しの石段、納骨堂、梁、鉤、鎖、骸骨を吊るす棒串、鴉が群がる石膏の丘、予備の絞首台、北東の風に乗ってタンプル地区全体に広く漂ってくる死体の臭気を復活させたらいい。パリの死刑執行人が使うあの巨大な差しかけ小屋を、永久に続くよう力強く復元したらいい。それがいいではないか！　それこそ大規模な見せしめ、よく考え抜いた死刑、それなりに均衡のとれた刑罰制度というものだ。それこそ恐怖に満ちたもの、しかし悲劇的なものである。

あるいはイギリスのようにすればよい。商業国イギリスでは、ドーヴァー海岸で密

27　フランス北部と西部にサン＝ポルという名の町がいくつかある。
28　ローマの法務官（一五五四〜一六一八）で、厳しい刑罰適用で有名だった。
29　パリ北東部にあった小高い丘で、十八世紀末まで絞首台が据えられていた。

輪人を捕まえると、見せしめのため絞首刑に処し、見せしめのため絞首台に吊るしたままにしておく。ただし、天候不順で死体が損傷するかもしれないので、タールを塗った粗布で入念に包んで、死体をあまり頻繁に取り替えずにすむようにする。ああ、節約の国だ！　絞首刑になった者にタールを塗るとは！

とはいえ、これはいくらか筋が通っている。見せしめ理論を理解するもっとも人道的なやり方である。

他方、パリ郊外の大通りのきわめて寂しい片隅で、卑劣にも哀れなひとりの男を切り殺すことで見せしめになると、あなた方は本気で考えているのだろうか。白昼、グレーヴ広場でやるならまだ分かるが、サン＝ジャック市門とは！　しかも朝の八時に！　いったい誰がそこを通りかかるのか。誰がそこに行くのか。そこでひとりの男を死刑に処すことを誰が知っているのか。見せしめが行なわれていることに誰が気づくのか。誰のための見せしめなのか。どうやら大通りの並木のためらしい。

あなた方が施行する公の死刑がひそかに行なわれていることに、あなた方は気づいていないのか。自分たちがこっそり姿を隠していることが、分からないのか。自分たちのすることを怖がり、恥じていること、見せしめによって正義を知るべし[30]と滑稽にも口ごもりながら言っていること、自分たちが何をしているのかよく理解できないまま慣例として人々の首を刎ねているものの、じつのところ自分たちも動揺し、茫然とし、不安に駆られ、自分たちが正しいのかどうか確信がなく、皆と同じように疑念を抱いていることが、あなた方には分からないのか。あなた方の前任者である高等法院の老人たちがあれほど冷静に遂行していた流血の使命に対して、自分たちは少なくとも倫理的、社会的な感覚を失ってしまったと、内心で感じているのではないか。夜になれば、前任者より頻繁に枕の上で寝返りを打っているのではないか。あなた方以前に死刑を命じた人たちもいたが、彼らは自分が法を遂行しており、自分が正しく、善をなしていると考えていた。ジュヴネル・デ・ジュルサンは自分が審判者だと任じ、エリ・ド・トレットも自分が審判者だと任じ、ローバルドモン、ラ・レニー、ラフマ[31]でさえ自分を審判者だと任じていた。他方あなた方は心の中で、自分が殺人者でないという確信を持てずにいるのだ！

30　原文はラテン語。ウェルギリウス『アエネーイス』、第六歌六二〇行を踏まえる。
31　以上はいずれも中世から十七世紀にかけて、絶対権力の正義を体現するかたちで厳しい判決を下した司法官たちである。

あなた方はグレーヴ広場を去ってサン＝ジャック市門に移り、群衆のいる場ではなく人気（ひとけ）のない場を、日中ではなく朝の薄明を選んだ。あなた方はもはや、自分のすることを断固たる態度で行なっていない。あなた方はこっそり姿を隠している、と私が言うのはそういう意味だ。

死刑を支持する根拠はこれですべて打破された。検事局の理屈はこれですべて無に帰した。検察側の論告というあのおが屑はすべて掃き除かれ、灰燼と化した。論理に少し触れただけで、あらゆる屁理屈は崩壊するものである。

したがって社会を保護する、社会的制裁を科す、見せしめにするという理由で、役人たちが陪審員であり人間である私たちに、猫撫で声で懇願するように首を要求することはやめてほしい。そんなものはすべて空疎な美辞麗句、誇張、無にすぎない！それら誇大な表現に針を一刺しすれば、しぼんでしまう。さも優しそうな能弁の根底にあるのは冷たい心、残酷さ、野蛮、みずからの熱意を証明しようとする気持ち、俸給を稼ぐという必要性だけである。法務官たちよ、黙るがいい！裁判官の柔らかい足の下には、死刑執行人の爪が感じられる。

刑事裁判の王室検事がどのような人か考えると、なかなか冷静ではいられない。それは他人を死刑台に送ることによって生計を立てている人間だ。グレーヴ広場の見物席を正式に提供する者だ。そのうえ文体や文学についてひとかどの主張を有し、口達者で、あるいはそうだと思っていて、必要とあればラテン語の詩句を一、二行詠じてから死刑判決を下し、効果を高めようと努め、ああなんと！　他人の命がかかっている時に自分の自尊心を満足させるような紳士である。そしてある詩人がラシーヌ[32]に、またある詩人がボワロー[33]に傾倒したように、自分にとっての模範、とても到達できそうにないような典型、古典的な例、ベラールやマルシャンジー[34]に倣おうとする者だ。審理の場で、検事はギロチン刑のほうに判決を誘導しようとするが、それが彼の役割であり、職業である。論告は彼の文学作品だ。彼は論告に比喩をまじえ、引用の香りをつける。傍聴人が聞いて美しく、ご婦人方に気に入られなければならない。検事は、地方ではまだきわめて目新しいと思われる常套句の知識を有し、優雅な言葉や、凝っ

32　十七世紀フランスを代表する悲劇作家（一六三九～九九）。
33　フランスの作家・詩人（一六三六～一七一一）で、古典主義美学を定式化した。
34　どちらも王政復古時代の検事。ベラールはベリー公暗殺の犯人ルーヴェルに対して、マルシャンジーはラ・ロシェル事件の四人の士官に対して死刑を求刑した（35頁の注8を参照せよ）。

た言い回しや、作家のように洗練された表現を用いる。ドリール派[35]の悲劇詩人たちとほとんど同じくらいに、検事は適切な言葉を嫌う。彼が物事を本来の名で呼ぶ気づかいはない。なんということだ！　あまりに露骨で人々が憤激するような考えでも、検事は形容語句や形容詞をまじえて完璧に偽装できる。サンソン[36]氏を見映えのいい人物に仕立てあげ、ギロチンの刃を薄布で包み、跳ね板を見えないようにし、赤いかごを婉曲的な言い回しでくるむので、人々にはそれが何か分からなくなる。さも優しそうで、上品だ。六週間後に死刑台を設置させることになる演説を、夜の書斎で、ゆっくり時間をかけてできるかぎり入念に練り上げる検事の姿を、あなた方は思い浮かべられるだろうか。被告の首を刑法の最も不吉な条項に嵌めこむために、血のにじむような努力をする彼の姿が思い浮かぶだろうか。不備な法という鋸で、哀れな男の首を切り落とす彼の姿が見えるだろうか。どのようにして彼が言葉の彩と提喩の乱雑な山の中に毒を含んだ二、三の文章を注ぎこみ、そこから苦労してひとりの男の死刑を抽出したり、引き出したりするか、あなた方は気づいただろうか。彼が文書を作成している間、机の下の暗闇では、死刑執行人が彼の足下にうずくまっているのではないだろうか。そして検事が時々ペンを止めては、主人が飼い犬に向かって言うように、「静かに、静かに！　骨はあとでやるよ！」と死刑執行人に言っているのではないだろうか。

ところで私生活においては、ペール＝ラシェーズ墓地のあらゆる墓碑銘に書かれているように、この役人は誠実な男、良き父、良き息子、良き夫、良き友人かもしれないのだ。

近い将来、法によってこれら陰惨な職業が廃止されることを期待しよう。一定の時が経てば、私たちの文明の空気だけで死刑は摩耗するはずである。

死刑擁護論者は死刑とは何か熟考したことがないのではないか、と時に思いたくなる。そこで、与えもしなかったものを奪い取るという、社会が勝手にわが物としている、途方もない権利、つまり最も取り返しのつかない刑罰たるあの死刑という刑罰を、何であれ犯罪といっしょに秤の上に載せて、両者の重さを比べてみてほしい！

二つのことのうち、まず第一のことから述べよう。

35　ジャック・ドリール（一七三八～一八一三）はフランスの詩人。同時代人からは高く評価されたが、ユゴーらロマン派作家は彼の気取った作詩法を批判した。

36　パリの死刑執行人。139頁の注35を見よ。

あなた方が処罰する男にはこの世に家族も、親類も、仲間もいないとしよう。その場合、彼は教育や、訓育や、精神のための世話を受けなかったし、心のための世話も受けたことがない。だとすれば、あなた方はいかなる権利があってこのみじめな孤児を殺そうというのか。子供の頃に茎も支え木もなく地面を這いまわったからといって、あなた方は彼を罰するのか。幼い頃に彼を孤立させておいたのに、今になってそれを彼の大罪だとするのか！　彼の不幸が罪だというのか！　自分が何をしているのか、彼は誰にも教えてもらえなかった。この男は無知なのだ。彼の過ちは運命のせいであり、彼のせいではない。あなた方は罪のない者を罰している！

あるいは、その男には家族がいる。その場合、あなた方が彼を切り殺すことで傷つくのは彼ひとりであり、父や母や子供たちが血を流すわけではない、と考えているのだろうか。いや、そうではない。彼を殺せば、家族全員が首を刎ねられるようなものだ。ここでもまた、あなた方は罪のない者たちを罰している。

不器用で無分別な刑罰は、どちらを向いても罪のない者を罰している！

この男、家族のいるこの罪人を幽閉するがいい。監獄の中なら、彼はまだ家族のために働けるだろう。だが、墓の奥底からどのようにして家族を養えばいいのだろうか。

あなた方によって父を奪われる、つまりパンを奪われるあの男の子や女の子たちがどうなるか思えば、身震いしないだろうか。そのような家族をあてにして、あなた方は十五年後に、徒刑場に男の子たちを、低俗な居酒屋に女の子たちを送り込むつもりなのか。おお、哀れな罪のない者たちよ！

植民地では、死刑によって奴隷の命が奪われれば、奴隷所有者には千フランの賠償金が支払われる。なんということだ！ あなた方は奴隷の主人には賠償するのに、家族には賠償しない！ しかしこの場合だって、あなた方はひとりの男をその所有者から奪っているのではないだろうか。主人に対する奴隷よりはるかに神聖な資格で、男は父の所有物であり、妻の財産であり、子供たちのものではないか。

あなた方の法が殺人にほかならないことを、私たちはすでに認めさせた。今こうして、それが窃盗でもあることが認められた。

もう一点ある。あなた方はこの男の魂について考えたことがあるだろうか。魂がどのような状態にあるかご存知だろうか。魂をそんなに手っ取り早く片付けようというのだろうか。少なくとも以前は、民衆の間に何がしかの信仰が流布していた。臨終に際して、周囲に漂う宗教的な息吹が、最も頑なな人間の心でも和らげることができた。

受刑者は同時に悔悛者だった。社会がひとつの世界を閉じた時に、宗教が彼に別の世界を開いた。どんな魂でも神を意識していたし、死刑台は天国への境界線にほかならなかった。しかし今や、数多くの群衆にもはや信仰はない。かつてはおそらく諸大陸を発見したが、今では港の中で朽ち果てているあの古い大型船のように、すべての宗教は腐敗し朽ちている。そして子供たちは神を嘲笑っている。そのような時代に、あなた方は死刑台にどのような希望を託そうというのか。死刑囚の暗い魂を、ヴォルテールやピゴー＝ルブラン[37]氏が作りあげたような魂を、あなた方自身疑っているようなものの中に、いかなる権利で投げ込もうというのか。あなた方はその魂を監獄付の教戒師にゆだねる。教戒師はきっと立派な老人だろうが、彼に信仰はあるだろうか、人に信仰を抱かせられるだろうか。彼は自分の崇高な務めを、何か苦役のように繰り返しているだけではないのか。死刑執行人と並んで荷馬車に座るあの人を、あなた方は本当に司祭だと思っているのか。情感と才能にあふれたひとりの作家が、私たちより前にこう指摘していた。聴罪司祭を廃止した後でもまだ死刑執行人を残しておくのは、恐ろしいことである。

頭の中だけで理屈を練る尊大な人々が言うように、以上のことはきっと「感情的な根拠」にすぎないのだろう。しかし私たちから見れば、最良の根拠である。私たちはしばしば、理性がもたらす根拠より感情がもたらす根拠を好む。それに忘れないようにしたいものだが、この二つは常に補い合うものだ。『犯罪と刑罰』は『法の精神』に接ぎ木された。モンテスキューがベッカリーアを生んだのである。

理性は私たちの味方であり、感情は私たちの味方であり、経験もまた私たちの味方である。死刑が廃止された模範的国家では[38]、死刑に値する大罪の件数が年々少しずつ減少している。この点をよく考えてほしい。

とはいえ私たちとしては当面、下院が軽率に着手したように、死刑をいきなり完全に廃止することを要求するわけではない。それどころか、あらゆる試行、あらゆる用心、あらゆる暗中模索を慎重にするよう望んでいる。それに私たちは単に死刑の廃止だけでなく、上から下まで、監禁から斬首刑まで、あらゆる形式の刑罰を根底から改変することを欲している。このような作業がうまく行なわれるためには、時間こそ考

37 フランスの作家（一七五三〜一八三五）で、反宗教的な文書を発表した。

38 たとえばトスカーナ公国。またオーストリア、プロイセン、スウェーデンは十八世紀後半から十九世紀初頭にかけて、一時的に死刑制度を廃止した。

慮されるべき要素のひとつである。この問題に関して、適用可能と考える概念体系を私たちは他の場所で展開するつもりだ。ただし、貨幣の偽造、放火、加重的窃盗などの場合に死刑を部分的に廃止することとは別に、私たちは今すぐ次のことを要求する。死刑が適用されうるようなすべての案件において、裁判長は陪審団に「被告は激情に駆られて行動したのか、それとも私欲のために行動したのか」という問いかけをすること、そしてもし陪審団が「被告は激情に駆られて行動した」と答えたら、死刑を宣告しないこと、である。それによって、少なくとも言語道断な死刑のいくつかは回避できるだろう。ユルバックやドゥバケールは命が助かる。オセロのような人間がギロチン刑に処せられることはない。

そして誤解しないでほしいのだが、この死刑の問題は日々機が熟しつつある。まもなく、社会全体が私たちと同じようにこの問題を解決するだろう。

最も頑迷な犯罪学者たちもこの点に注意してほしい。この一世紀来、死刑はしだいに減少し、ほとんど穏やかなものになっている。これは死刑が旧弊であること、弱体化していること、やがて廃止されることの兆候である。拷問はなくなった。車裂きの刑はなくなった。絞首台はなくなった。ところが奇妙なことに、ギロチンそのものはひとつの進歩であるという。

ギヨタン氏は博愛主義者だった。

実際、ファリナッチ、ヴーグラン、ドランクル、イサーク・ロワゼル、オペード、マショー[39]が仕えた、貪欲で凄まじい歯を具えた恐るべき正義の女神テミスは、衰弱している。痩せ衰え、死に瀕している。

こうしてグレーヴ広場はもう死刑執行を望んでいない。グレーヴ広場は名誉を回復しつつある。この老いた吸血鬼は七月革命では品行よく振る舞った。それ以来、より良い生活を送りたい、この最後の偉業にふさわしくありたいと願っている。三世紀前からあらゆる死刑台に身を売ってきたグレーヴ広場が、羞恥心に捉えられた。自分の過去の職業が恥ずかしいのだ。みずからの卑しい名前を棄てたいのだ。死刑執行人と別れ、敷石を洗っているのだ。

現在、死刑はすでにパリの外にある。そしてこれは言っておきたいが、パリの外に

39　ファリナッチは十六〜十七世紀イタリアの法務官（219頁の注28）、ヴーグラン以下は十六〜十八世紀フランスの弁護士、法務官。いずれも処罰の厳格さで知られた。

出るということは文明の外に出るということなのだ。

あらゆる兆候は私たちの味方である。あの醜悪な装置、あるいはむしろ、ギヨタンにとってはピグマリオンにとってのガラテア[40]ともいえる木と鉄でできたあの怪物も、自分に嫌気がさし、うんざりしているように見える。私たちが先ほど詳述したぞっとするような死刑執行も、ある側面から見れば好ましい前兆だ。ギロチンは躊躇し、首を刎ね損なうまでになっている。死刑という旧い制度全体が変調を来しはじめているのだ。

恥ずべき装置はフランスから立ち去るだろうし、私たちはそう期待する。願わくば、足を引き摺りながら立ち去ってほしい。私たちは死刑に対して激しい攻撃を加えようとするのだから。

ギロチンはよそに行って、どこかの野蛮な民族に歓迎されるがいい。文明化しつつあるトルコや、ギロチンを望まない未開人のところはだめだ[41]。ギロチンは文明の梯子を数段降りて、スペインやロシアに向かうがいい。

過去の社会機構は、司祭、国王、死刑執行人という三つの柱に支えられていた。ひとつの声が神々はいなくなると言ったのは、もうかなり以前である。最近もうひとつの声が湧き起こり、国王はいなくなると叫んだ。今や第三の声が湧き起こって、死刑執行人はいなくなると言うべき時だ。

　こうして旧い社会が少しずつ崩れていくだろうし、神の摂理によって過去の崩壊が完全なものになるだろう。

　神々を惜しんだ人々に向かっては、「唯一の神が残っている」と言えた。国王たちを惜しむ人々に向かっては、「祖国が残っている」と言える。死刑執行人を惜しむような人々に向かっては、何も言うことがない。

　死刑執行人とともに秩序まで消滅することはない。そんなふうに思わないでほしい。あのおぞましい支柱がないからといって、未来社会の穹窿（きゅうりゅう）が崩落することはない。文明とは次々に起こる一連の変化にほかならない。あなた方はいったい何を目撃することになるのか。刑罰の変化である。キリストの穏やかな掟がついに刑法典の中に浸透して、それをとおして光り輝くだろう。犯罪は病と見なされるだろうし、この病に

40　ピグマリオンはギリシア神話に登場するキプロス島の王。みずからが彫刻した女性の像ガラテアに恋をする。

41　（原注）タヒチの「議会」はつい最近死刑を廃止した。

は裁判官に取って代わる医者と、徒刑場に取って代わる病院があてがわれる。自由と健康は似たものになるだろう。鉄と火を押し当てていたところに、これからは芳香と香油を注ぐだろう。かつては怒りをもって処置したこの病弊を、これからは慈愛をもって処置するだろう。それは単純であり、崇高である。絞首台に十字架が取って代わるのだ。それだけのことである。

一八三二年三月十五日

解説

小倉 孝誠

アメリカのいくつかの州とともに、日本は現在でも死刑制度を維持している数少ない民主主義国のひとつである。世界的には廃止される流れが支配的だが、被害者遺族の心情を考慮すれば極刑もやむを得ないという意見が根強く、少ないとはいえ実際に毎年のように刑が執行されている。裁判員制度のもとで、一般市民も死刑判決の可否を求められる事態に遭遇する可能性がある。もちろん、死刑に反対するひとも多いので、死刑をめぐって日本の世論は大きく分かれているというのが実情だ。

フランスでは、社会党のミッテラン政権下の一九八一年九月に死刑が全面的に廃止されて、現在に至る。当時の法務大臣で、以前から死刑廃止を唱導していた弁護士でもあるロベール・バダンテールの尽力が大きかった。最後に死刑が執行されたのは、一九七七年のことである。それよりはるか以前の一八四八年には、政治的な理由による死刑が廃止された。そのフランスでも、二十世紀初頭まで死刑は公開によるギロチン刑で執行されていた。十八世紀末のフランス革命時代以来、死刑制度をめぐっては存続派と廃止論者のあいだで長い論争が交わされてきた。廃止論者の代表のひとりがヴィクトル・ユゴー（一八〇二～八五）であり、本書『死刑囚最後の日』（一八二九）はその論争に一石を投じた著作にほかならない。フランスで流布しているこの作品のポケット版に、バダンテールが称賛を込めて序文を寄せているのは偶然ではないのだ。

Ⅰ　ユゴーの位置と死刑にたいする立場表明

国民的作家ユゴー

ナポレオン軍の将校を父として、フランス東部の町ブザンソンで一八〇二年に生まれたユゴーは、少年時代から目覚ましい文学的才能を発揮し、国王から表彰されるほどだった。一八三〇年代にはロマン主義運動の中心人物として、詩、小説、戯曲、評論、旅行記などあらゆるジャンルで優れた作品を数多く発表する。ロマン派作家には多様なジャンルに手を染め、それぞれのジャンルで傑作を残した者が少なくないが、そのなかでもユゴーの活躍ぶりは際立っていた。

一八五一年、彼の人生を大きく変える事件が勃発する。時の大統領ルイ・ナポレオンがクーデタを敢行して共和政を終焉させ、帝政への移行を望んだのである。それに断固反対したユゴーは亡命の道を選び、ベルギーを経由して英仏海峡のガーンジー島に居を構える。長い亡命生活の間も創作活動は衰えを知らず、優れた作品が次々と書かれた。普仏戦争の敗北によって第二帝政が崩壊した一八七〇年には、ほぼ二十年ぶりに祖国に戻り、その後はフランスを代表する文学者、政治家として長い生涯を全うした。

フランスや日本のみならず、世界中で絶大な知名度を誇るユゴーだが、『レ・ミゼラブル』（一八六二）の著者であるに留まらない。小説家としては『ノートル＝ダム・ド・パリ』（一八三一）や『九十三年』（一八七四）のような歴史小説を書き、詩人としてはナポレオン三世を激しく糾弾する『懲罰詩集』（一八五三）や、長大な叙事詩『諸世紀の伝説』（一八五九〜八三）を発表し、劇作家としては『クロムウェル』（一八二七）や『エルナニ』（一八三〇）で古典主義からロマン主義への移行を決定づけ、批評家としては『ウィリアム・シェイクスピア』（一八六四）などで新たな美学を提唱し、時代の貴重な証言となる回想録や手記を残した。

さらに政治家でもあった彼は長年にわたって国会議員を務め、晩年には共和主義の理想を文字どおり体現する人間だった。第三共和政下の一八八五年五月に亡くなった際、時の政府はただちに国葬に付すことを決定する。ユゴーの遺骸は凱旋門の下に二十四時間うやうやしく安置された後、パリ中心部の通りを経由してパンテオンに移送された。パンテオンはパリ左岸の小高い丘の上に聳える壮大な霊廟で、フランスの偉人たちを祀っている。死んですぐこのパンテオンに入ったのは、歴史上ユゴー唯ひとりである。

それぞれの国には、その国を代表するとされる作家がいるものだ。イギリスならシェイクスピア、ドイツならゲーテ、イタリアならダンテ、スペインならセルバンテスだろう。そしてフランスについて言えば、ユゴーということになるだろうか。フランスの一般市民のあいだでユゴーがどのように認識されているかを示す、二〇一五年に実施された興味深い二つのアンケートがある。まず月刊の文学雑誌「マガジーヌ・リテレール」が四月号で、「次の作家のうち、フランス国内と外国において、フランスとその文化、言語そして精神をもっともよく体現するとあなたが考える作家は誰ですか」という質問にたいする調査結果を掲載している。次に週刊誌「オプス」が九月三日号で、「フランス人が好む十人の作家」のリストを公表した。前者はフランスの文学と文化を代表する作家、つまり国民的作家は誰かという問いかけであり、後者はフランス人の文学的な好みを尋ねている。回答者の性別、年齢、社会階層、居住地域に関係なく、どちらの調査においても圧倒的多数の支持を得て一番の地位を占めたのが、ユゴーにほかならない。

フランスを代表する国民的作家としてのユゴーの地位は、揺るぎないものがある。

作品の成り立ち

『レ・ミゼラブル』ほど有名ではないにしても、『死刑囚最後の日』もまた作家ユゴーの名声を高めた作品のひとつであることは間違いない。出版されたのは、二十七歳になる直前のことである。八十三歳という当時としては例外的な長寿を全うした彼の文学的経歴においては初期の作品だが、主題の重要性、同時代との関わりの深さ、そして文学技法の斬新さという点で、すでに十分な成熟度を示している。

読者もお気付きのように、本書は厳密に言うと四つのテキストから構成されている。小説としての『死刑囚最後の日』のほかに、ごく簡潔な「初版の序文」、初版から三週間後に出た第二版に付された「ある悲劇をめぐる喜劇」、そして初版から三年後の第三版に付加された有名な「一八三二年の序文」がある。小説の本文以外に三種類のテキストが存在すること自体、かなり異例のことであり、とりわけ「一八三二年の序文」はかなり長い。扱われた主題がアクチュアルな価値を有していたことをユゴーがよく自覚していたからであり、彼の作品が誘発した反響がそれほどまでに大きかったからである。ユゴーの作品の出版はまさしくひとつの政治的、社会的事件だった。

ユゴーの妻アデルの証言によれば、一八二八年十二月にわずか三週間で、なかば熱病に取り憑かれたような状態で、若きユゴーはこの作品を一気呵成に書き上げたという。「初版の序文」では、この作品は実際にある死刑囚が書いた手記か、あるいは強烈な想念にとらわれた詩人の想像力が生みだした産物のどちらかである、と読者に判断をゆだねているのだが、それはもちろん作家の韜晦趣味にすぎず、まぎれもなくユゴー自身の手になる作品である。誰かが書き残し、何らかの理由で秘匿されていた手記を、その人の代理として自分が刊行するというのは、十八世紀以降の作家たちが作品の現実性を強調するために頻繁に利用した出版戦略であり、ユゴーもその身振りを模倣してみせたのである。真相は、死刑制度という根源的な社会問題に鋭く反応したユゴーの「強烈な想念」がもたらした作品だということである。

他方、戯曲形式をまとう「ある悲劇をめぐる喜劇」は上流階級のサロンに集った人物たちの会話をつうじて、『死刑囚最後の日』が巻き起こしたスキャンダラスな評判を読者に伝えてくれる。死刑囚自身に自己や、監獄や、刑罰について語らせるということの不道徳性や悪趣味ぶりを糾弾する彼らの言説は、ユゴーの小説が引き起こした批判を凝縮したものだろう。作者自身はあえてそこに登場せず、名前のない匿名の人物として言及されるのみであり、まるで舞台裏に潜んで芝居を見物しているかのようである。それが「喜劇」とされているのは、不在の作者への糾弾をユゴー自身が揶揄しているからにほかならない。

それに較べると、「一八三二年の序文」は分量的にも、内容的にもはるかに本質的なテキストになっている。フランスでは、一八二九年と一八三二年のあいだに大きな歴史的事件が起こった。一八三〇年の七月革命であり、それによってシャルル十世は王座を追われてブルボン朝による王政復古期が終焉し、オルレアン朝のルイ＝フィリップ国王が即位して七月王政が始動したのである。王政復古の末期に生起した政治家たちの陰謀事件をめぐって、死刑を廃止する機運が高まったことがあるのだが、結局維持された。そうした経緯も作用して、七月王政初期には死刑制度の存廃をめぐって激しい論争が繰り広げられた。初版は匿名だったが、ユゴーはそうした時代状況を背景にして、「一八三二年の序文」においてはみずからの名を際立たせながら、死刑制度に断固反対する態度を鮮明にしたのだった。

ユゴーの立場

当時、死刑の正当性を担保するとされた根拠は三つある。まず社会に大きな害を及ぼす成員は排除されるべきだからであり、次に、社会は犯罪者にたいして相応の罰を加えて、被害者の復讐を果たすべきだからであり、そして最後に、死刑という見せしめによって犯罪の拡散を防ぐことができるからである。ちなみにこれは、死刑を維持する際に現在でも持ちだされる根拠であろう。

それに対してユゴーは、社会を保護するためなら犯罪者を終身刑に処すだけで十分であり、復讐は神意の領域であって、社会は人間を改善するために矯正することに努めるべきであり、死刑が見せしめとして機能することはない、つまり死刑によって犯罪は減少しない、と反駁した。ユゴーの議論は死刑反対論の論理として、おそらく現代においても傾聴に値するのではないだろうか。

とはいえ、それだけではない。ユゴーにとって、公開で行なわれる死刑は子供時代から何度か目にした光景であり、それが彼の精神に強烈な印象を植え付けていた。彼は、ギロチンの刃が閃く死刑台のおぞましい情景に取り憑かれていたのである。『死刑囚最後の日』の末尾の数章でも語られているように、当時の市民にとって公開の死刑はひとつの見世物であり、死刑台の周囲には何時間も前から群衆が詰めかけたのだった。人々はおぞましい光景から目をそらし、忌避するどころか、その非日常的で異様な舞台装置に魅せられたのである。一般に流血や暴力が疎まれ、それが社会秩序を危険にさらすと認識されたのは当時も今も同じだが、司法権力が法の名において執行する死刑は、さまざまな予備段階と儀式的な身ぶりをともない、特定の場に舞台が設定され、都市空間のなかで展開する例外的な祝祭にほかならなかった。『監獄の誕生——監視と処罰』のミシェル・フーコーの論法に倣うならば、死刑は権力を可視化するための華々しい身体刑そのものだったのである。

実際、ユゴーが死刑や、司法機関による個人の幽閉を語ったのは『死刑囚最後の日』がはじめてではない。すでに一八二三年の『アイスランドのハン』では、作中人物のひとりオルドネールが死刑を宣告され、処刑のための死刑台が設置されて群衆が集まってくる場面が描かれていた（第四十八章）。一八二六年に発表されたカリブ海のサン・ドマング（現在のドミニカ）で起こった黒人奴隷の叛乱を主題とする『ビュグ＝ジャルガル』では、叛乱軍の首領ビュグ＝ジャルガルが処刑のため銃殺される。

『死刑囚最後の日』以降も、ユゴーは司法制度の問題にこだわり続け、時代を現代や過去に設定しながら、権力による個人の弾圧（処刑はその一形態）を表象する作品を発表した。歴史を題材にした戯曲『マリオン・ド・ロルム』（一八三一）では、ヒロインが想いを寄せる男ディディエが、リシュリューの陰謀によって絞首刑に処される運命である。同じ年に刊行された『ノートル＝ダム・ド・パリ』は、十五世紀、ルイ十一世の時代のパリが物語の舞台で、美しき薄倖のヒロイン・エスメラルダはグレーヴ広場で魔女として火刑に処せられるのだが、それは『死刑囚最後の日』の主人公が最後にギロチン刑に処せられるのとまさに同じ場所である。そして『クロード・グー』（一八三四）では、貧しい労働者で、家族を養うために盗みを働いて収監されたクロードが、監獄長の囚人たちにたいする迫害と暴力に耐えかねて、彼を殺害する。法廷でのクロードの雄弁は陪審員たちの胸を打つが、彼には死刑判決が下される。貧困、無知、教育、司法、刑罰制度を主題化したこの作品が、後の『レ・ミゼラブル』に繋がっていくことは言うまでもないだろう。

その『レ・ミゼラブル』第一巻、ミリエル司教の生涯が語られるページで死刑の主題が浮上する。ある死刑囚の教戒師として最後の慰めを与え、いっしょに死刑台に上ったミリエル司教は、死刑囚の魂が最後の瞬間に救済されたと確信するものの、ギロチンを間近に見たことが、消し去れないトラウマとして脳裏に刻まれる。『死刑囚最後の日』では死刑台そのものは描かれていないが、それを補足するかのように『レ・ミゼラブル』の語り手は死刑台に言及しつつ、それが単なる刑罰機械ではなく、司法制度の根幹をなす装置であり、見る者にとっては悪夢のような怪物であると説く。

実際、死刑台がそこに据えられて立っていると、何かしら精神に取り憑いてしまうところがある。ギロチンを見ないうちは、死刑にたいしてかなり無関心でいられるし、賛成か反対か意見を表明せずにいられる。しかし一回でも見てしまえば衝撃は激しく、決断を下し、賛成か反対か立場を決めざるをえない。メストルのように死刑を礼讃する者がいれば、ベッカリーアのように嫌う者もいる。ギロチンは法の具現であり、処罰と呼ばれる。それは中立的ではないし、人々もそれにたいして中立的でいることはできない。ギロチンを目にした者は、きわめて不思議な震えに襲われる。ギロチンの周囲では、あらゆる社会問題が提起される。〔中略〕死刑台が存在するせいでひとの心が陥るいまわしい夢想のなかで、死刑台は恐るべき様相を呈し、みずからの行為に関与する。死刑台は死刑執行人の共犯者であり、ひとを呑み込み、肉を喰らい、血を飲む。死刑台は判事と大工職人によって作られた一種の怪物であり、それがもたらしたあらゆる死からなるおぞましい生を生きる亡霊にほかならない。

こうして『死刑囚最後の日』から三十年後に書かれた小説においても、死刑制度の非人間性を告発するユゴーの姿勢は変わっていない。賛成派と反対派の代表として名指されているジョゼフ・ド・メストルとベッカリーアは、「一八三二年の序文」で既に言及されていた。死刑の是非をめぐって、同じ構図の議論が続いていたということである。

文学においてだけでなく、ユゴーは政治家としても死刑廃止を唱え続けたし、司法制度全体に関心を抱いた。一八四六年九月には、未決囚の拘置所だったコンシエルジュリ監獄を視察し、翌年四月には死刑囚を収容するロケット監獄を訪れている。監獄制度の改善は七月王政期には焦眉の課題だったからである。前者の監獄について、ユゴーは次のような印象を書き留めている。「監獄に足を踏み入れたときの第一印象は、暗くて圧迫されるような感じ、呼吸と光が減少するという感覚、何か知らない吐き気を催すようなむっとしたものが、陰鬱で不吉なものと混じりあっている感覚である。監獄には特有のにおいと薄明かりがある」（*Choses vues*, «Folio», t.1, p.399）。そして一八四八年、二月革命によって共和政が樹立されてから七か月後、ユゴーは憲法制定議会の壇上で、文明とフランスの進歩の名において死刑廃止をあらためて訴えた。

皆さん、憲法は、とりわけフランスによって、フランスのために制定される憲法は、必然的に文明に向けての一歩です。それが文明に向けての一歩でなければ、憲法に意味はありません。

死刑とは何か。死刑とは、野蛮さを示す特殊で永遠のしるしです。死刑が頻繁に執行されるところでは、野蛮が支配しています。死刑が稀なところでは文明が支配しています。

皆さん、これは疑いのない事実です。刑罰を緩和することは、重要で大きな進歩です。十八世紀は拷問を廃止しましたし、それは十八世紀にとって誇るべきことのひとつです。十九世紀は死刑を廃止するでしょう。

おそらくすぐには廃止されないでしょうが、きっと遠からず廃止されるでしょう。そうでなければ、皆さんの後継者が廃止するでしょう。(*Choses vues*, t.2, pp.69-70)

ユゴーはこの点に関するかぎり、あまりに楽天主義者だった。長年の希望が彼の生前に実現することはなく、フランスでようやく死刑が廃止されたのは、冒頭で述べたように、彼の死後ほぼ一世紀を経た一九八一年のことである。いずれにしても、格調高い雄弁な演説であることは確かで、ジャック・デリダが講義録『死刑』(二〇一二)のなかで、死刑廃止論を代表する言説のひとつとしてこの演説を引用し、現代まで続く死刑存廃論の系譜に位置づけてみせたのも理解できる。

このようにユゴーは、同時代を舞台にした小説、歴史小説、戯曲、さらには議会での発言において、生涯をつうじて刑罰制度と死刑を絶えず問いかけた。たんに死刑に反対し、その廃止を求めて闘ったというだけではない。それを正当化する法の根拠そのもの、さらには近代の司法制度そのものの正当性を問いかけたのだった。その意味で、本書『死刑囚最後の日』は、ユゴーの文学的経歴においても彼の人生においてもひとつの転機を画する作品だったのである。

Ⅱ　作品の歴史的位相

死刑制度をめぐる論争

それにしても、西洋では死刑廃止をめぐる議論がいつ頃から社会の関心を集めるようになったのだろうか。

法的制度としての死刑は古くから存在した。その死刑の是非をはじめて根本から問うたのが、十八世紀イタリアの法学者・哲学者チェーザレ・ベッカリーア（一七三八～九四）である。当初は匿名で出版された『犯罪と刑罰』（一七六四）は、当時の啓蒙思想の影響を受けつつ、死刑の非人間性を強調し、それが刑罰として無用であると説いた。どうしてそうなのか。

ベッカリーアによれば、国家がひとりの人間を死によって罰することはいかなる権利によっても承認されていない。ひとりの人間の死が必要かつ有用とされるのは、国家が混乱と無秩序の支配する無政府状態にあって、その人間の存在が国家の自由と公共の安全を脅かす例外的な状況のときだけである。法と権利が国家を統制し、秩序が守られている通常の状態において死刑は不要である、とベッカリーアは主張した。また死刑の支持者たちは、死刑の恐ろしさによって将来犯罪に手を染めるかもしれない人間たちを抑止する効果があると説くが、歴史はそうした効果がないことを証明しているではないか。人間の精神にもっとも強く作用するのは刑罰の強さではなく、その継続性である。つまり瞬間的に犯罪者を死に至らしめるのではなく、終身刑に処するほうが、つまりあらゆる自由と権利を永続的に奪うほうが人間にとってはよほど耐え難く、犯罪の抑止力としてははるかに有効に機能するはずである。

死刑は見る者の大多数にとっては一つの見せ物でしかなく、のこりの少数の者にはいきどおりのまじった同情の対象となる。この二つの感じが見る者の心をすっかり占めてしまうから、死刑を規定する法律が目的とするような教訓的な恐怖などおしのけられてしまう。しかしより緩和されしかも持続的な刑罰は、これを見る者の心におそれだけをおぼえさせるのである。［中略］

刑罰が正当であるためには、人々に犯罪を思い止まらせるに十分なだけの厳格さをもてばいいのだ。そして犯罪から期待するいくらかの利得と、永久に自由を失うこととを比較判断できないような人間はいないだろう。

このようにして、死刑と置きかえられた終身隷役刑は、かたく犯罪を決意した人の心をひるがえさせるに十分なきびしさを持つのである。それどころか、死刑より確実な効果を生むものだとつけ加えたい。（風早八十二・五十嵐二葉訳、岩波文庫、94〜95頁）

ユゴーの作品が刊行された一八二〇年代、ベッカリーアの『犯罪と刑罰』はあらためて脚光を浴びていた。ユゴーが死刑に反対する論拠は、基本的にベッカリーアのそれと同じである。だからこそ「一八三二年の序文」で明確に彼に言及し、彼の思想を十九世紀において継承しようとしたのである。

ユゴーと同じくロマン主義を代表する作家のひとりラマルティーヌ（一七九〇～一八六九）は、『死刑に反対する』と題された詩を一八三〇年に発表している。ユゴーの「一八三二年の序文」で、王政復古期に政治的陰謀を企てた四人の男への処罰をめぐって、七月王政期のはじめに死刑廃止論が議論されたこと、四人の陰謀家が死刑を免れたこと、その決定にたいして民衆が怒りの声をあげたことが記されていた。ラマルティーヌはこの事件の経緯を踏まえ、死刑を望んだ民衆に呼びかけ、諭す（さと）という形式でこの詩を書いたのである。民衆よ、冷静になってほしい、死刑を廃止することでフランスは新たな正義の時代を拓くのだ、と詩人は訴える。

君たちが書き残したページを祝福しながら、
人類が次のように言うことを願う。
まさにここで、フランスは野蛮な法が記された
血塗られた書物を閉じた。
まさにここで、偉大な民衆は、正義の日に
人類の天秤のなかに、卑しい刑罰ではなく

寛大な気持ちを投げ入れた。(«La Pléiade», p.506)

「人類の天秤」という比喩は、西洋の図像体系において天秤が正義や裁きの象徴だということに因む。民衆から支持され、民衆の声を代弁しているとみずから任じていたラマルティーヌだったが、死刑制度に関するかぎり、残念ながら彼の雄弁な呼びかけが聞き入れられることはなかった。

他方で、死刑制度の正当性を主張し、したがってその存続を望む意見は根強かった。その代表のひとりが哲学者のカントである。カントの『人倫の形而上学』(一七九七)によれば、違法行為に刑罰を科すのは理性にもとづく国家の権利であり、その際、犯された罪にたいしてそれと同等の罰を科す「同害報復」の基準が採用されるべきである。罪と罰を均衡させる原理であり、もし誰かが人を殺したら、犯人は死をもって罪を償わなければならないし、それ以外に法と正義を満足させる代替手段は存在しないとして、カントはベッカリーアに強く反駁した。

フランスでは十九世紀初頭に、反革命の思想家が死刑擁護の議論を展開している。その代表とも言えるジョゼフ・ド・メストル(一七五三~一八二一)は、三人の登場人物の対話からなる著作『サンクト゠ペテルブルグの夜』(一八二一)において、ある伯爵の言葉をとおして神権政治の観点から死刑制度を正当化した。社会の安寧と秩序を守るために刑罰制度が存在し、それを脅かす重大な犯罪には死刑を科すのもやむを得ない。カント流の応報主義に与しながら、メストルは、死刑が罪を償うために必要な儀式であり、神が望む贖罪だと考えた。刑法は神の法に仕え、人を裁く法廷は神の意志を代弁し、刑を執行する者は神の代理人である。犯罪者を殺害するという行為のおぞましさは、神の意志を体現する崇高性によって償われるという。

あらゆる偉大さ、あらゆる権力、あらゆる服従は死刑執行人の存在に立脚している。彼は人間共同体にとっての恐怖であり、同時にその絆である。この不可思議な人間を世界から取り除いてみたまえ。たちまち秩序は混沌に取って代わられ、王座は崩壊し、社会は消滅するだろう。主権の創造者である神は、刑罰の創造者でもある。神はこのふたつの支柱のうえにわれわれの地球を据えた。というのも神エホバはこのふたつの支柱を支配し、ふたつの支柱のうえで世界を回転させているのだから。(「第一の対話」、Bouquins, p.471)

ユゴーは当然メストルの神権的解釈に反対した。「一八三二年の序文」で、はっきりと名指しはしていないが、「逆説を弄するお喋りな教養人」として揶揄の対象にしている。とはいえ、メストルが王党派のあいだで享受していた威信は否定できない。『死刑囚最後の日』は、死刑制度をめぐるこのような同時代の論争のなかで、そして社会を統制する権力の正当性そのものに関わる本質的な論争が展開するなかで執筆され、刊行された。それは時代のこの上なくアクチュアルな問題に青年ユゴーが鋭く反応した、情熱と思想の書物にほかならない。

刑罰制度の変遷

ユゴーの小説の名もなき主人公は、罪を犯した後に監獄に収容され、裁判で死刑を宣告され、上告が棄却されて死刑判決が確定する。物語の最後で彼が連れて行かれるのは、ギロチンの赤い処刑台が据えられたグレーヴ広場（現在のパリ市庁舎前広場）である。犯罪者を社会から隔離することも、罪の重さにおうじて彼（あるいは彼女）を死刑に処することも、古い時代から存在した制度である。しかし隔離の様式と、死刑執行の方法は時代によって異なり、それは犯された罪にたいしてどのような刑罰がふさわしいかという法理論と関わっていた。

ミシェル・フーコーは『監獄の誕生――監視と処罰』において、権力の技術論の立場から刑罰制度の変遷を論じている。今ユゴーの作品の歴史的争点を把握するためにその要点を記すなら、次のようになるだろう。フランス革命以前の旧体制（アンシャン・レジーム）期において、犯罪はたんに法にたいする違反であるのみならず、法が君主（国王）の意志を具現するかぎりにおいて、君主にたいする攻撃でもあった。したがって身体刑は司法の回復であると同時に、権力の機能回復でもあった。権力はその回復を一般民衆に可視的なものとして提示する必要があったから、身体刑は権力が自己を表象するために行なう儀式であり、政治的、宗教的な祭式の性格を濃厚におびることになった。こうしてたとえば死刑には、その手続きと順序が細かく規定されていた。身体刑は華々しい祝祭でなければならなかったのだ。

十八世紀の啓蒙時代、犯罪は暴力的な身体への攻撃から所有権を侵害する行為へ、多数者による集団的な行為から、特定の人間による邪悪な行ないへと、その性質が変わっていく。それにともない、処罰は以前ほど苛烈ではなくなり、刑罰制度が全体として緩和される。しかしフーコーによれば、それは十八世紀の啓蒙主義精神が寛容に傾いたからではなく、権力機構が違法行為を巧みに管理し、統制し、馴致（じゅんち）するための司法装置をつくりあげたからである。

こうして懲罰制度に根本的な変革が起こる。それまでフランスのみならず他のヨーロッパ諸国においても、監獄は存在したが、法律学者たちは監獄つまり拘禁をほとんど刑罰として見なさず、したがって監獄は刑罰制度のなかで周縁的な位置を占めていたにすぎない。監獄によって犯罪者は自由を奪われ、身体を拘束されるが、処罰されてはいないと考えられたからだ。それに対して、十八世紀末から十九世紀初頭にかけて、犯罪者を「監禁」すること、つまり監獄や矯正施設に入れることが懲罰の主要な形態になる。現代のわれわれから見れば、罪を犯した者が監獄に入れられることはあまりに当然としか思われないが、それが犯罪にたいする刑罰として認識されるようになったのは、それほど古いことではないということである。

一八一〇年、ナポレオン時代に起草された刑法典は、そうした流れを裏づける。ナポレオン帝政は広い範囲にわたって拘禁刑を定め、罪におうじてそれを細かく適用することに努めた。そして拘禁するだけでなく、犯罪者の道徳心を高め、精神を矯正し、身体を有効に活用するため、監獄の内外で労働に従事させることが提唱された。それによって、未来の犯罪を防止すること（それがベッカリーアにとって刑罰の最大の目的だった）をめざしたのである。

『死刑囚最後の日』と関連させるならば、当時の監獄は三種類あり、その有効性と弊害をめぐって行政官と法律家たちのあいだで激しい議論が繰り広げられた。第一に、かなり多くの受刑者をまとめて収容する雑居房システム、第二に、受刑者を完全に孤立させ、沈黙のなかに幽閉する独房システム（トクヴィルが熱心な支持者だった）、そして第三に、独房に入れるのは夜間のみ、あるいは短期間に限定し、あとは共同作業場での労役に就かせるというやり方である。第三のシステムは、それがはじめて有効に機能したとされるアメリカ・ニューヨーク州のオーバン監獄にちなんで、しばしば「オーバンシステム」と呼ばれた。フランスでは独房システムとオーバンシステムのあいだで意見が分かれ、その状況は十九世紀をつうじて続くことになる。ユゴーの小説の主人公は死刑が確定しているから、ビセートル監獄の独房に幽閉される。それは絶対的で冷たい沈黙と孤独の空間である。

死刑の様式も時代によって、さらには罪人がどの階級に属するかによって異なる。

中世から近代初期にかけて、魔女裁判で有罪とされた者は火刑に処された（ジャンヌ・ダルクがもっとも有名な例であろう）。貴族には名誉ある死として斬首刑が科され、平民には絞首刑が適用された。もっとも儀式的で、残酷で、したがって民衆への見せしめになると期待されたのは、手を切り落としたうえで四つ裂きや車裂きの刑に処するという刑罰である。これは大逆罪や国家反逆罪、とりわけ国王を弑逆（しいぎゃく）したり、傷つけたりした者に加えられた。旧体制下ではもっとも重大な犯罪であり、それに対する処罰は想像しうるかぎりもっとも残虐な方法が選ばれたのである。たとえば、一七五七年にルイ十五世を襲撃したダミアンはこのようにして法の裁きを受けた。

フランス革命とギロチンの誕生

死刑の執行方法を根本的に変えたのが、フランス革命である。この時代、死刑廃止論を唱える者たちもいたが（あのロベスピエールも当初はそのひとり）、一七九一年の刑法典は死刑を存続させた。ただし、旧体制下のように権力がみずからを誇示するために、さまざまな身体的苦痛を加えた末に犯罪者を処刑するのではなく、単純かつ迅速に命を奪うという作業に収斂させなければならないとされた。死刑の方法についてはさまざまな議論があったが、最終的に革命議会は斬首刑を選択する。そして「すべての死刑囚は斬首されるべきである」というのが、一七九一年の刑法典の規定だった。問題だったのはその方法である。それまでは死刑執行人が斧で犯罪者の首を刎ねるというやり方が採られていたが、なにしろ死刑は極限的な状況のなかで行なわれることだから、執行人のためらいや不手際によって順調に運ばないことがあった。その結果、何度も斧を振り下ろすという、想像するだにおぞましい残虐で血腥い殺戮に変貌する危険があった。その弊害をなくすため、医学博士だったギヨタンが以前からイタリアで使用されていた装置を改良して、一瞬のうちに確実に斬首できる機械装置を発明し、これが彼の名にちなんでギロチン（フランス語ではギヨチン）と呼ばれることになったのである。ギロチン刑がはじめて実施されたのは一七九二年四月二十五日のことである。

現在では、いくつかの歴史博物館や犯罪博物館で実物を目にすることができる。高所から鋭利で大きな刃を落として首を切り落とすギロチンは、現代のわれわれから見ると思わず目を背けたくなるほど気味悪い装置だが、当時としては医学的な配慮にもとづいて、死刑囚の身体的苦痛を緩和するために考案されたものだった。それは残虐で恐怖をもたらす機械ではなく、まさに恐怖感を減らし、死刑囚の精神的苦痛さえ和らげるはずの人道主義的な道具になるはずだった。死刑を野蛮な慣習から、文明化された制度へと転換させる装置になるはずだった。しかし、確かに死の苦悶を短縮したギロチンは、他方で新たな恐怖の表象を生みだすことになる。ユゴーの『死刑囚最後の日』で主人公が感じる苦悩にも、そのような恐怖の表象が反映されているのである。

以上のような社会史と文化史の背景を念頭に置きながら、ユゴーの小説をあらためて読み解いてみよう。

Ⅲ　作品の主題と構造

自己を語る犯罪者

読者も気づいたと思うが、本作の主人公には名前がないし、どのような素性の男なのか、年齢も、職業も、住んでいた町がどこかも分からない。つまり主人公のアイデンティティはまったく不明のままにされている。彼がみずから名乗ることはないし、周囲の人間たちが彼の名を口にすることもない。ただし、作品のあちこちに散在する過去の回想部分から、彼が比較的豊かな階層の出身であることが想像され、しかるべき教養があり、民衆の隠語はほとんど理解できないことが分かる。識字率が低かった十九世紀初頭において、手記を綴る能力があるということ自体が文化的洗練の証しにほかならない。

そしてさらに重要なのは、この男が何をしたせいで死刑宣告を受けたのか、読者に知らされないことである。死刑を宣告され、上告が棄却され、恩赦も拒否されるのだから、重罪人に違いないだろう。流血をともなう犯罪で、彼自身も自分の犯した罪を悔いている。だが、罪の詳細は完全に沈黙に付されているのだ。第47章は「私の身の上」と題されているが、何も書かれていない章である。作者の悪ふざけのようだが、それはまさに主人公が過去のない、あるいは過去を失った男であることを示唆している。要するに作者ユゴーにとって、ひとりの人間としての主人公の過去は問題ではなく、ひとりの死刑囚としての男の現在、死の瞬間を待つしかない人間の計り知れない苦悩と不安が問題だったということだ。どのような罪を犯したにせよ、罪人を処罰する司法制度の不備と非人間性を告発することこそがユゴーの目的だったのだから。

名前を奪われ、過去を持たず、アイデンティティを喪失した人物を登場させるのは、二十世紀とりわけ戦後の文学、たとえばフランスの「ヌーヴォー・ロマン」が採用した手法だった。それは明瞭な性格、表情、階層、社会的役割を担う人間を文学の世界から放逐することで、日常空間の凡庸さを際立たせ、現代人の平板さを浮き彫りにし、世界の不透明性や不安を表現する手法として機能した。他方、ユゴーの主人公は凡庸だから名前を持たず、過去を喪失したのではないし、日常性のなかに埋没しているからアイデンティティが稀薄なわけでもない。逆にあまりに非日常的で、極限的な空間と時間を生きざるをえないからこそ名前がなく、現在しか考慮できないから過去を忘れ、未来に思いを致すことができないのである。

『死刑囚最後の日』は物語であって、論説ではない。作家ユゴーの思想が凝縮されているとはいえ、それはあくまでひとりの囚人が監獄で過ごす最後の数日間に感じ、考え、恐れ、苦しんだ細部をつうじて表現されている。しかも、第三者が囚人を外部から観察したありさまを語るのではなく、囚人自身が死刑執行の瞬間を待ちながら、迫りくる死の恐怖に打ちひしがれるみずからの内面と心理を赤裸々に告白する。残された少ない時間を利用して、みずからの過去と現在を喘ぐように語り続ける。それは自分の苦悩をできるかぎり鎮めるためであり、同時に、司法関係者や一般の人々に教訓を提示できると考えるからだ。記録として日記を綴ることが、それを読む後世の人々にとって有用性を持ちうることを願っているからだ。ユゴーは裁く者の視点ではなく、裁かれる者の視点に立ち、匿名の主人公を登場させることで、個人的であると同時に普遍的な位相を物語に付与した。それが死刑を告発する言説としてきわめて有効だ、ということを確信していたからである。主人公の悲痛な告白を読むわれわれ読者はあたかも法廷の陪審員であり、死刑制度の是非についての判断を迫られるようなものだ。

それにしても、犯罪者はかくも饒舌になれるものだろうか。むしろ悔恨と絶望に打ちひしがれて、無気力な沈黙に陥るものではないだろうか。『死刑囚最後の日』は、ユゴーの天才が生みだしたおよそ非現実的で、荒唐無稽な寓話ではないだろうか。そのような懐疑の念にとらわれる読者がいるかもしれない。

しかし、確かに犯罪者はしばしば饒舌なのだ。十九世紀前半、つまりユゴーの小説が発表された時代だけを考えてみても、何人かの有名な犯罪者が長く、しばしば興味深い回想録を書き残している。かつてパリの暗黒社会に君臨し、その後パリ警察の治安局長に収まったヴィドックは、一八二八年に長大な『回想録』を刊行して、犯罪の手口について滔々と述べた。殺人と詐欺罪で逮捕されたラスネールは、死刑になる直前に独房で回想録を書き残す（一八三六年）。それは自分の生い立ちを語りながら自己弁明し、社会を呪詛する矯激な書物である。そしておそらくは冤罪の犠牲者だが、夫を毒殺したとして一八四〇年に逮捕されたマリー・ラファルジュは、無実を主張するために自分の生涯を美しく語ってみせた。その有為転変に満ちた人生は、同時代のバルザックの小説のヒロインにふさわしいほどである（この点については、小倉孝誠『犯罪者の自伝を読む』、二〇一〇年、を参照していただければ幸いである）。

文学の世界に目を転じれば、バルザック『人間喜劇』の諸作品には、ヴィドックをモデルにしたヴォートランという犯罪者が登場する。悪の世界を知り尽くす彼は、純真で野心的な青年たちに向かって社会を支配する法則と、政治の権謀術数を語るに際して、驚くほどの饒舌ぶりを示す。たとえば『ゴリオ爺さん』（一八三五）において、彼がラスティニャック青年にパリ社会の裏面を説明する長広舌を想起すればいいだろう。スタンダールの『赤と黒』（一八三〇）では、かつての恋人レナール夫人を狙撃した罪で死刑宣告を受けた主人公ジュリアン・ソレルが、法廷で社会に激しく抗議する。

自己を語る者はつねに多少とも法廷の被告席にいるようなものであり、自伝は自己弁明の様相を強くおびる。犯罪者も例外ではない。それどころか、文字どおり被告席に身を置く犯罪者だからこそ、自己を語るにあたってことのほか能弁になるのである。法廷に立ち、暗い独房に幽閉され、あらゆる自由と権利を奪われた死刑囚だからこそ、『死刑囚最後の日』の主人公は自己を語るにうってつけの人物なのである。

死刑囚であるということ

ひとりの死刑囚の最後の数日を描く本作は、司法制度および死刑と密接にかかわる四つの場所で展開する。すなわち判決が下されるパリ重罪裁判所の法廷、死刑判決後に上告した際、その採否を待つあいだ身柄を拘束されるパリ南郊のビセートル監獄、上告が棄却されて死刑が確定すると移送されるパリ中心部のコンシエルジュリ監獄、そして刑が執行されるグレーヴ広場とその横にそびえる市庁舎である。それぞれの場所は明確に名指され、ひとつの場所から次の場所へと移送されるのは、主人公にとって避けがたい死がしだいに近づいてくることを告げる道程であって、そのつど彼の苦悶を増幅させていく。

法廷では、死刑以外の判決が陪審員によって下されることを弁護士とともに期待するし（第2章）、ビセートル監獄では、破棄院に願い出た上告が受理されるかどうか待ちながら、独房で牢番に見張られながら大部分の時間を過ごす（第1〜21章）。コンシエルジュリ監獄では、過去の幸福な思い出に耽り、数時間後、断頭台に上るときを想像して震撼し、思いがけず連れて来られた三歳の娘マリーに会って歓喜するものの、しばらく会っていなかったマリーが自分を父親と気づかず、深く落胆してしまう（第22〜47章）。そして最後の二章では、荷馬車でグレーヴ広場に運ばれていく道筋の情景と、広場を埋めつくす物見高い群衆が描かれ、主人公は市庁舎の一室で最後の一文を書き記す（第48〜49章）。

彼が接触する人物は弁護士、看守、牢番、典獄、憲兵、司祭、死刑執行人など、すべて当時の刑罰制度を構成する人間たちである。主人公に名前がないように、彼が法廷や監獄や護送用馬車で出会う者たちも、固有名で名指されることはけっしてない。明確に名前を付与されているのは、死刑囚の娘マリーだけだ。匿名の主人公の一人称による告白体の物語をつうじて、ユゴーは匿名で、非人格的であるだけにいっそう冷酷な刑罰制度の全体像を表象しようとしたのだろう。

人間は早晩いつか死ぬが、病気であれ事故であれ、自分がいつ、どのような状況でこの世を去るかわれわれは知らない。その意味で、死は無限定の未来でわれわれを待ち構えている偶発事である。他方、現実に死刑囚であるということ、自分がいつ、どこで、どのようにして死ぬ(正確には殺される)のか予告されているというのは、稀有な状況だ。実際『死刑囚最後の日』の主人公は、目前に迫りくる、もはや不可避の死という想念に苛まれ、その恐怖を繰り返し口にする。筆舌に尽くしがたいその苦悩をいかにして語り、死刑制度の非人間性をどのようにして他者に説明できるか——それが彼の課題にほかならない。

独房に幽閉された死刑囚はそれにもかかわらず、あるいはむしろまさにそれゆえ、季節や時間や天候の移り行きに敏感だ。法廷で判決が下された日は、八月の陽光が輝いているし、徒刑囚が首枷を付けられた日は激しい驟雨(しゅうう)となり、自分がいよいよグレーヴ広場に連れて行かれる日には小雨に濡れそぼっている。監獄内にただよう臭いや、光と闇のコントラストや、外から聞こえてくる声や喧騒に敏感だし、ベッドのシーツの粗い感触や、独房の壁のじめじめした印象を律儀に書き留めている。そして彼が接する人々の表情やしぐさの意味を入念に読み解こうとする。死を間近に控えた人間は、それまで注意を払わなかった環境の要素をあらためて意識する。残り少ない時間が、外部への反応をより密度の濃いものに変えるのだ。視覚、聴覚、嗅覚、触覚などあらゆる感覚が動員されて、限られた空間の感覚世界が啓示され、その豊かさと同時に閉塞感が強調されている。周囲の世界から厚い塀によって遮断された死刑囚は、闇のなかで息の詰まるような時間を過ごさなければならない。

ビセートル監獄の独房に入れられた主人公は、四方の壁を凝視する。そこには、かつて同じ独房に収監された死刑囚たちがさまざまな文字や、人名や、顔や、絵柄や、模様を白墨や炭で記していた。ときには、まるで血で書かれたような赤く錆びた文字さえ読み取れるではないか。死刑囚たちは冷たく硬い石の表面に、自分たちが生存した痕跡を残そうとしたのだ。それは一種の書物であり、人生の物語である。彼が日記体の手記を綴っているように、彼以前に独房の住人だった犯罪者たちは、彼らなりに生きた証拠を必死で壁に刻み込んだ。その意味で、彼らもまた饒舌な男たちである。

饒舌な犯罪者はもうひとりいる。主人公がコンシエルジュリ監獄で出会った、ひとりの死刑囚である（第23章）。狼狽する主人公を前にして、やはり名のないその男は頼まれもしないのに自分の身の上話を事細かに語り始めるのだが、それは孤児の境遇、貧困、盗み、漕役刑（そうえき）、出所、再犯、徒刑場を経験し、社会から排除された人間の生涯である。飢えのせいでパンを盗み、捕まって肩に烙印を押されるエピソードは、後の『レ・ミゼラブル』のジャン・ヴァルジャンの境涯を先取りしている。

徒刑という制度

主人公が、ビセートル監獄の中庭で徒刑囚たちが鉄枷を装着される光景を目撃するという場面がある（第13章）。その日、監獄はいつになく喧騒に満ち、ほとんど陽気な雰囲気さえ漂わせるほどだ。徒刑とは、辺境の港町で、ドックの掘削、波止場の基礎工事、軍艦の艤装作業といった過酷な強制労働に長時間就かせる刑罰である。囚人たちはふたり一組となって鉄鎖で繋がれ、身体的な自由を奪われることもあって、一般の懲役刑以上に嫌悪された刑罰だった。ジャン・ヴァルジャンが南仏の町トゥーロンでこの徒刑に処せられたことが想起されるだろう。『死刑囚最後の日』では、このトゥーロンに向けて出立する前に徒刑囚たちが首に鉄枷を付けられるシーンが描かれている。看守のはからいで中庭がよく見える独房に一時的に移してもらった主人公は、どしゃぶりの雨の下で行なわれる不吉な作業に目を凝らす。

徒刑囚は泥の中、水をかぶった石畳の上に座らされた。首枷が試された。それから徒刑囚を担当する二人の鍛冶屋が持ち運びのできる鉄床を携え、鉄の塊を用いて平然とその首枷を徒刑囚に取りつけた。どんなに豪胆な者でも青ざめるほど恐ろしい瞬間である。徒刑囚の背中に置いた鉄床を金づちで叩くのだが、その一撃ごとに受刑者の顎が揺れるのだ。前から後ろに少しでも動けば、くるみの殻のように頭蓋骨は砕け散るだろう。

この作業がすむと、徒刑囚は陰鬱な表情になった。聞こえるのはもはや鉄鎖が鳴る音だけだ。時おり、反抗的な者たちの手足を見張り人が棍棒で殴る鈍い音と、叫び声が聞こえてきた。泣き出す者もいた。老いた徒刑囚はぶるぶる震え、唇を噛みしめていた。鉄の枠を嵌められたこの不吉な横顔を見て、私は恐怖に駆られた。

やがて徒刑囚たちは不吉な歌を喚き散らし、引きつった笑い声を立てながら踊りはじめる。地獄のような徒刑場に連行されていく彼らに、看守も憐憫の情から最後の逸脱と、ささやかな自由を許してやったのである。儀式のように一連の手順にそって行なわれるこの作業は、他の囚人たちにとっては「家族的なお祭り」であり、「見せ物」にほかならない。とはいえ、今は独房の格子窓からその情景を眺める見物人である主人公は、数日後にはギロチンの立つグレーヴ広場で、それ以上に不吉で華々しい儀式のなかで「見せ物」の主役になるのだが……。徒刑囚の悲惨な行進はよほどユゴーの脳裏に取り憑いていたとみえ、『レ・ミゼラブル』第四部では、ジャン・ヴァルジャンとコゼットがパリ場末の市門付近で、トゥーロンに向かう徒刑囚の一団を目にして身震いする場面が描かれている。

死刑囚の苦悶と恐怖

本書の末尾近い第39章で、主人公は次のように書き記す。

死刑はたいしたことではない、苦しまないし、穏やかな最期だし、このような死はかなり簡素化されている、と彼らは言う。

そうだろうか！　それなら六週間のこの苦悩、九十一日続くこの喘ぎはいったい何だ。ゆっくり、そして同時に早く過ぎていくこの取り返しのつかない一日の不安は何だ。最後は死刑台に至るこのさまざまな段階の拷問は何だ。

どうやら、それは苦しみではないらしい。

しかし、血が一滴一滴流れて最後になくなることと、知性がさまざまな思いを経た末に消滅することとは、同じような死の痙攣ではないだろうか。

それに彼らはほんとうに確信があって、苦しまないと言っているのだろうか。誰にそう教えられたのだろうか。切り落とされた首が血だらけのまま籠の縁に起き上がって、人々に向かって「痛くないぞ！」と叫んだなどと、誰か語っているのか。

先に述べたように、ギロチン刑は死刑をより確実に、迅速に執行し、死刑囚の身体的苦痛を軽減するために革命時代に考案された刑罰だった。死刑の方法を改善するために提案されたものだった。とはいえ、それはあくまで刑を執行する司法側の主張であり、実際にギロチンで処刑された者たちの直接的な証言は当然ながら残っていない。人は他者の死に遭遇したり、看取ったりすることはできるが、みずからの死は体験できないし、したがってそれを語れないからである。自分の死は、つねに誰かによって語られ、伝えられるしかない。『死刑囚最後の日』の主人公はそのことを踏まえたうえで、ギロチンが穏やかで苦しまない死だという臆説に抗議しているのだ。死刑囚は刑が確定してから執行されるまでの短い時間を、永遠に続くように感じられる無限の苦悶のなかで生きなければならない。それが罪の報いであるにしても（そしてもし冤罪ならば、途方もない絶望感に襲われるだろう）、死刑制度は人間の精神と魂を極限まで追い詰める。

主人公が死後の世界について夢想するのも、同じ時である（第41章）。死とは何か、死後に魂は存在するのか、存在するとすればそれは身体のどこに宿っているのか。命ある身体から遊離した魂はどこをさまようのか。じつはギロチンが発明されたフランス革命当時から、とりわけ医学者や生理学者のあいだで、首が刎ねられた後もしばらく魂や意識は頭部に残るのではないかという説が一定の支持を得ていた（この点については、ダニエル・アラスの『ギロチンと恐怖の幻想』で詳述されている）。また、死後の魂の存在をめぐる議論は、キリスト教神学にとっては古くから提出されていた問題でもある。そのような同時代的、宗教的な背景を踏まえつつ、ユゴーは主人公に死を想念させているのである。主人公が理路整然とした思考を展開するわけではなく、光にあふれた空間と、闇に包まれた醜悪な深淵というまったく対照的なイメージ、いわば天国と地獄を思わせるような対照的なイメージが雑然と続いているだけなのだが、それがいっそう死刑囚の絶望を際立たせている。

死の想念と恐怖がもっとも高まるのは、コンシエルジュリ監獄からグレーヴ広場に、無蓋の荷馬車で移送される道筋である。かならずしも明文化されていたわけではないが、フランス革命時代から死刑執行はそれを規定する一連の儀式を伴っていた。本書でもっとも長い章のひとつ第48章で語られているエピソードだ。

まず死刑囚は独房から出て薄暗い別室に移され、そこで髪を短く切られ、着ていたシャツの襟も切り取られる。首筋を完全に剝き出しにして、ギロチンの刃が円滑に機能するようにするためであり、これは関係者のあいだで「身繕い toilette」と呼ばれていた。いかにも皮肉な呼称だが、死刑という厳粛な儀式にそなえるためにいわば身を清めるという感覚だろう。そこには見張り役の憲兵、宗教的な救いを授けようとする司祭、記録係の書記、そして刑の執行にあたる死刑執行人と二人の助手が控えている。その後死刑囚は手足を縛られて連れ出されるのだが、監獄の門をくぐって荷馬車に乗りこむ瞬間こそ、まさしく死刑囚の苦悶が頂点に達する瞬間であろう。沿道の人々からよく見えるように、死刑囚は無蓋の荷馬車に後ろ向きに座らせられてグレーヴ広場に向かう。長い距離ではないが、それは群衆の好奇と畏怖の念にあふれた露骨な視線に晒される時間であり、死刑囚には耐え難い時間だ。「私は陶酔し、愚鈍になり、理性を失っていた」と主人公は書き記す。地面よりも数段高いところに設置された死刑台に彼が上る場面は描かれていない、というより、物語の構造上描けない。作品は、市庁舎の一室で主人公が自分の最後の意志を記す場面で終わっている。最後の一文「四時」は、死刑が執行される時刻なのである。

第48章において、群衆が圧倒的な存在感を示す。主人公が「身繕い」しているときからすでに監獄の外では群衆がざわめき、監獄の扉が開け放たれて真っ先に目に入るのは、建物の階段の手すりに乗って喚く群衆の姿であり、監獄から広場まで続く沿道では群衆が待ち構え、居酒屋の席や高い建物の窓辺には大勢のひとが陣取り、広場から少し離れたノートル＝ダム大聖堂の塔の上にまで人々が群がっている。皆死刑を見物するためそこにいるのである。そう、当時は公開の死刑がひとつのスペクタクルだったのだ。死刑囚がその主役だとすれば、執行人、司祭、憲兵は脇役であり、群衆はスペクタクルに欠かせない観客にほかならない。権力側や司法当局からすれば、死刑は犯罪防止のための見せしめ効果を発揮するよう期待されていたからこそ公開だったわけだが、それを目にする民衆にとっては、日常性を破る恰好の事件、無料で見られるスペクタクルだったということである。そこでは恐怖と崇高性、畏怖の念と暴力性が密接に絡み合っていた。

死刑台への歩み

『死刑囚最後の日』で語られる主人公の最後の日々は、出来事の観点から言えば、王政復古期(一八一四〜三〇)におけるパリの死刑囚の末路を正確に再現している。十九世紀をつうじて死刑執行の手順は少しずつ変化するが、アンヌ・キャロルの研究(Anne Carol, *Au pied de l'échafaud*, Belin, 2017)にもとづいて整理すれば、概略は次のとおりである。

死刑に関わるおもな人物としては、裁判官、検事総長、執達吏、県知事、ギロチンが設置される場所の市長ないしは町長、死刑囚を監視する憲兵、死刑執行人とその助手、司祭（死刑囚の最後に付き添う司祭はとくに教戒師と呼ばれる）が挙げられる。大部分の人物が『死刑囚最後の日』に姿を現わすことは言うまでもない。ユゴーは主人公との関連でさまざまな性格付けをしながら、死刑制度の主役たちを網羅的に登場させたのである。もちろん、個々の性格造型にはユゴー独自の工夫が凝らされている。

死刑執行人はパリにひとり、それ以外は地方や県ごとに配置されていた。一定の収入が保証されていたが、時代が下るにつれて死刑執行数が減り、したがって執行人の数も減らされた。十九世紀半ばまでパリの死刑執行を担当したのはサンソン一族で、王政復古期にはアンリ・サンソンがその任に当たっていた。ユゴーの小説の最終ページに登場する死刑執行人は、したがってこのアンリということになる。革命期に執行人だった彼の父シャルル＝アンリは、ルイ十六世の処刑を託された。

さて死刑判決後、被告は破棄院（日本の最高裁判所に相当）に上告するか、国家に恩赦を求めることができる。その結果が分かるまでに要する時間は時代によって異なるが、二〜六週間だった。どちらも棄却されて死刑が確定すれば、原則として二十四時間以内に刑が執行されなければならない。ただし、監獄から遠く離れた町で執行される場合は、移送に要する時間を考慮して例外が認められる。ユゴーの小説では第21章で、裁判所の執達吏がビセートル監獄にやって来て、検事総長からの通達として上告棄却を告げる。その直前から、看守や典獄が普段と異なる妙に穏やかな口調で接してきたので、主人公は異変に気づく。覚悟していた彼はかなり冷静に受け入れるが、一般的には、しばしば深夜眠っているところを起こされて知らされるので、死刑囚たちは予期していたとはいえ打ちのめされ、動顛してしまう。自分の死、まもなく科される避けがたい死を前にしては、どんな犯罪者といえども強烈な恐怖の念にとらわれるのだ。

『死刑囚最後の日』では、その後主人公はいったんコンシエルジュリ監獄に移され、そこからあらためてグレーヴ広場に向かう。最終的な死刑の通達から刑の執行までの短い間に、いくつかの儀式が行なわれる。まず死刑囚は囚人服を脱いで、私服に着替えさせられる。その時点で死刑囚は監獄から解放されて囚人でなくなり、正式に死刑囚となる。そして望みどおりの食事や酒が供され、最後の意志を書き記したり、誰かへの遺言や形見の品を残したりできる。場合によっては、友人や家族と別れのあいさつも許された。ユゴーの作品の第43章で主人公が娘マリーと話すのは、作家が物語の劇的な効果を高めるために案出した荒唐無稽な場面ではなく、制度的に認められていた司法当局側からの配慮にほかならない。

死刑台に向かう前、最後になされる厳かな儀式が「身繕い」である。このとき死刑囚ははじめて死刑執行人と顔を合わせる。死刑執行人は、死刑囚の独房に足を踏み入れてはならないことになっているからだ。執行人は二人の助手の協力を得て、主人公の髪の毛を切ってうなじを露出させるのだが、それはもちろんギロチンによる首の切断を容易にするためである。ときには着ているシャツの襟も切り取るが、それも同じ理由からである。次に、死刑囚の両手を後ろ手に縛りつけ、両足を綱で拘束し、それが両手を縛っている綱と結び合わされる。ただしそれが見えないようにとその後で上着を羽織らせるのは、執行人の側からの心遣いである。

以上の細部はすべて、『死刑囚最後の日』で具体的に語られている。ユゴーが描くサンソンは「フロックコートを着て、三角帽をかぶった」慇懃な紳士というありさまで、死刑囚を驚かせるが、事実アンリ・サンソンは立派な教育を受け、音楽と読書を愛好し、貧しい人々に施しを行ない、常に黒い衣服に身を包んで威儀を正している男だったようだ。この時点で、怒りや絶望から抵抗し、暴れる死刑囚がいたらしいが、その場に配置される憲兵たちによって制御された。

こうして、死刑囚はいよいよ馬車あるいは徒歩でギロチンへと向かう。ギロチンが設置されるのは、見せしめによる犯罪の抑止効果を期待してなるべく人目につく場所がよい。犯罪が行なわれた町、あるいは犯罪者の出身地において、可能ならば町の中心部に位置する広場が選ばれた。ただし十九世紀後半以降は、管理と進行の都合上、監獄前の広場で死刑が執行されるようになる。パリであればロケット監獄やサンテ刑務所のすぐ近くである。ユゴーの小説はそうなる以前の話で、ギロチンはパリ中心部のグレーヴ広場に設置された。執行時刻は一八三二年までは午後四時、その後、監獄近くの広場で執行されるようになってからは、夜明けの刻限というのが慣例だった。

一八七〇年まで、ギロチンは人々からよく見えるよう処刑台の上に設置された。処刑台は大工職人に依頼して作らせるもので、十段の階段を備えていた。ギロチンそのものは四メートル半の高さにあり、四十キロの重量があったという。十八世紀末から十九世紀にかけて、絵画と版画は繰り返しこの処刑台とギロチンを描いているが、高い処刑台の上に設置され、赤い柱に取り付けられたギロチンの刃が不気味な光を放っているという構図が多い。これは現代人の抱くギロチンのイメージに呼応しているだろう。『死刑囚最後の日』のなかで、荷馬車から降りた主人公は遠くにギロチンの輪郭を認めると、もはや一歩も踏み出せなくなってしまう。まるで悪魔祓いをするかのように、それがギロチンであると知りつつその名を口にすることもできず、「不気味なもの」（第48章）としか形容できない。実際の死刑執行に際しては、ギロチンを目にして卒倒したり、気分が悪くなってよろめいたりする死刑囚も少なくなかったという。

祝祭と群衆

この作品の末尾では、グレーヴ広場に蝟集（いしゅう）した群衆が詳細に描かれ、その無軌道ぶりと混乱が強調されている。実際、現代のわれわれの感性からすれば信じがたいことだが、公開死刑は民衆にとってはまさにひとつのスペクタクルであり、祝祭だった。だからこそギロチンは周囲からよく見えるように、処刑台の上に高く据えられたのである。スペクタクルであり祝祭だから、群衆は沿道の建物の窓辺や、カフェあるいは居酒屋に陣取って観客となる。司法当局が意図的に集めた人々ではないが、見せしめのための公開死刑に観客が必要だったのは確かだろう。

ただし『死刑囚最後の日』を読むかぎり、そのような司法当局の思惑が実現されたのか疑問に思われるほど、群衆の喧騒と無秩序ぶりは際立つ。ユゴーの思いも同じだったろう。死刑反対論者である彼にとって、グレーヴ広場の群衆は理性を喪失した、残酷で不謹慎な暴徒の群れにすぎない。主人公には、雑然とした音の集合体としてしか認識されない。

周囲の喧騒の中で、私にはもはや同情の叫びと歓喜の叫び、笑いと嘆き、声と物音の区別すらできなかった。それらがすべてざわめきとなり、金管楽器の反響のように私の頭の中で鳴り響いていた。(第48章)

ユゴー作品だけの話ではなく、現実にも群衆の存在と行動は司法当局を困惑させることがあった。成人男女に加えて子供まで交じり、有名な犯罪者や、親族殺しなどの重罪犯が処刑台に上るときはいつも以上に数が多く、群衆は憲兵隊の介入によっても制御がむずかしかったようである。一八三九年、時の司法大臣は次のように報告している。

大勢の人々が集まると、刑の執行も一種の民衆的な見せ物になってしまう。そしてこの見せ物は、有益な教訓をもたらしてくれるどころか、習俗の堕落を招くことになりかねない。要するに、公共の安寧のためには、それを妨げる危険のある群衆が形成されないようにするのが賢明というものだろう（アンヌ・キャロル、前掲書）。

ブルガリアの作家エリアス・カネッティが『群衆と権力』（一九六〇）で説得的に示してくれたように、「群衆」は文学的にも、社会史的にも近代の産物である。たんに大勢の人間が一か所に集まった状態を指すのではなく、お互いを知らない匿名の多数の人間が特定の目的のために集まり（今の場合は死刑の見物）、その結果独自の行動原理をまとってしまうというのは、十九世紀以降の社会現象なのだ。ユゴーはその群衆を文学の世界で表象した最初の作家のひとりにほかならない。

ユゴーは主人公が断頭台に上る最終場面を描かなかった。物語の構造上、それができなかった。ユゴーに代わって、読者がそのシーンを想像してみることはできるだろう。

死刑判決が下されてからすでに六週間が経過し、冷たい沈黙を強いられる独房生活によって、彼は心身ともに疲弊しきっている。付き添っている司祭は、どうやら型通りに対処しているだけで、主人公の心の襞（ひだ）には寄り添ってくれない。最愛の娘マリーには知らない「おじさん」扱いされて、落胆は深い。そして不吉な断頭台と無慈悲な群衆を目にしたことで、彼の情動は極限まで緊張を強いられている。周囲から寄せられる敵意に満ちた視線と言葉に抗（あらが）って、彼は最後の力をふりしぼって死の装置まで歩けるだろうか。最後の瞬間に、威厳と誇りを保てるだろうか。群衆の不謹慎な好奇心に無防備にさらされ、手足を縛られた屈辱的な状態で死に向かうという大きな試練に、彼は耐えられるだろうか。

実際の死刑台では、呪詛の言葉を吐いたり、怒りの声を上げたり、なかには暴れて抗議する者もいたらしい。死刑囚にとって、いや誰にとっても、みずからの死、しかも暴力的な死を静かに受け入れることは容易ではないだろう。一八六九年、カンク一家八人を惨殺した青年トロップマンは、独房に幽閉されている間は平然と構え、まさに『死刑囚最後の日』を読み耽っていた。しかし断頭台に上るまでは剛毅に冷静さを保っていた彼も、最後の瞬間になって恐怖におそわれ、自制心を失って死刑執行人の手に噛みついたという。彼の事件を捜査したパリ警視庁の治安局長アントワーヌ・クロードが『回想録』（一八八二）のなかに書き記しているエピソードである。他方で、ピエール・ラヴァルという死刑囚は、独房では暴言を吐き散らし、看守や司祭に厄介をかけていたが、最後の瞬間には悔悛して司祭の言葉に耳を傾け、断頭台の上から群衆に向かって次のように語りかけたという。「友よ、私の真似をしないでください。私がしたようなことをしないで下さい。私はとても悪いことをしたのですから」。一八五五年のことである。

『死刑囚最後の日』の主人公は、絶望と悲嘆に暮れることはあっても、それまでなんとか自己を制御してきた聡明な人間である。静かに、しっかりした足取りで死刑台への階段を上り、従容（しょうよう）として死についたことを祈ろう。それはまた、彼の死の瞬間を描けなかったユゴーの願いでもあったのではないだろうか。

Ⅳ　小説技法の刷新

死刑囚が置かれる過酷な幽閉状態を描き、彼の疎外と苦悩を語る『死刑囚最後の日』は、死刑制度の告発という政治的、社会的に強いメッセージ性を内包していることはすでに指摘した。他方で、名前を持たず（あるいは奪われ）、過去の稀薄な死刑囚は、やはり名前のない、しかし司法制度のなかでの役割だけは明確な人物たちと接触する。彼らは皆、主人公の死を準備し、そこに至る道筋を整える者たちである。そして主人公は物語の冒頭から死刑囚という汚名を引き受け、避けがたい死と折り合いをつけなければならない。自分が犯した流血の罪の報いと自覚しつつも、死刑が不条理で非人間的な刑罰であるとも考えている。その不条理性の意識を表現するために、作家はさまざまな技法を駆使していく。ユゴーの小説は同時代の焦眉の課題に挑んだ思想小説であると同時に、来るべき二十世紀文学への扉を開いた実験的な小説でもあるのだ。

日記体小説の嚆矢（こうし）

本書は主人公の一人称で語られる小説である。法廷で死刑判決が下された後、ビセートル監獄の独房に収監された主人公は、五週間経ったある日、自分の苦悶と日々の体験を「日記」あるいは「手記」として書き綴る決意をする（第6章）。彼自身の言葉を用いるならば、「死刑囚の知性の解剖」である。上告が棄却されれば死刑はいつでも、そう明日にでも執行される可能性がある。明日があるかどうかは不確かで、今日、いまこのときを生きるしかない極限的な状況のなかで、男は語りはじめる。自分の子供時代の回想や、自分を裁く法廷の場面などが描かれているが、作品の大部分のページは独房に幽閉されている「現在」を語っている。したがって『死刑囚最後の日』は、具体的な日付こそ記されていないものの、一人称で綴られた日記の形式をまとっており、スイスの批評家ジャン・ルーセはこの作品を文学史における最初の「日記体小説」と見なしている。

特殊なケースを除いて、日記は書き手が自分自身に向かって、自分自身を唯一の読者として綴られ、他者に読まれることを想定していない。受取人のいないメッセージ、虚空に向かって放たれる言葉である。したがって日記と幽閉状態（監獄はその典型である）は相性がいい。それを納得するには、有名なアンネ・フランクの日記が、ナチスの迫害から逃れるため潜んだ隠れ家の一室で書き続けられたことを想起すれば十分だろう。

実際、『死刑囚最後の日』の主人公は手記を特定の誰かに向けて書いているわけではないし、手記の原稿そのものが失われてしまう危険を自覚している。彼はそれでも書き続けるし、書かずにいられない。書くことが、残された少ない時間を生き、自分自身を精神的に救済するための唯一の手段だからである。書かなければ、自分の存在を正当化できないからである。日記体小説は、数少ない回想のページを除いて、現在の言動や情動と、それを記録する言説（物語）のあいだに時間の隔たりがない文学形式である。こうして物語の全編をつうじて、喘ぐような息遣いと濃密な緊迫感がただようことになる。

日記を書く現在の死刑囚は、明日を知らない。日記は今日のことを語るのであり、未来を射程に入れることがない。いま記したことは明日には否定され、いま感じたことは明日には消滅しているだろう。日記体小説は出来事の論理性や、意識の一貫性をもつことができない。実際『死刑囚最後の日』の主人公はしばしば自己を否定し、前言を否認し、矛盾した言説を綴る。彼はみずからの意識のなかに無秩序に浮上してくる感情、感覚、印象、記憶、夢想、幻覚をそれらが浮上してくるままに記録し、読者に伝えるのであり、そこにはリアリズム小説が一般にもつ出来事の論理的な継起性が欠落している。

内面の複雑で流動的な動きを、作家が論理的な枠組みにはめることなく、そのままに記録するというこの技法は、二十世紀に入ってから「意識の流れ」、あるいは「内的独白」と呼ばれることになる。文学史的には、フランスの作家デュジャルダンが『月桂樹は切られた』(一八八八)で初めて用いたとされ、二十世紀にはジョイス、プルースト、ヴァージニア・ウルフ、ヴァレリー・ラルボー、そしてフォークナーらが意識的に活用した。アメリカの研究者ヴィクター・ブロンバートは、『死刑囚最後の日』を「意識の流れ」を採り入れた最初の実験的作品と見なしているくらいである。その革新性は高く評価されるべきだろう。

断片性の美学

「内的独白」の技法は、物語全体が数多くの断片的な章から構成されていることと表裏一体になっている。それほど長くない小説にしては全部で四十九章もあり、かなり多い。当時の小説としても、現代読者の感覚からしても、一つひとつの章はかなり短い。総体的に長いのは法廷の場面（第2章）、徒刑囚が鉄枷を装着される挿話（第13章、本作で一番長い章）、ビセートル監獄からコンシエルジュリ監獄への移送を語る章（第22章）、もう一人の死刑囚の身の上話（第23章）、そしてコンシエルジュリ監獄からグレーヴ広場への移動を描く章（第48章）である。いずれも場所の移動を伴い、主人公が重要な体験をする挿話であり、物語的な起伏が大きい。主人公は周囲の空間に目を向け、他者を観察し、自分の生涯の一ページがめくられたことを、つまり死への階段をまた一歩上ったことを意識する。そしてすべて司法制度の諸側面を伝えてくれるページになっている。

他方で、独房内での主人公の印象、思考、感情、感覚、追憶を物語る章はいずれも短く、断片的である。それはときに、彼の叫びや嘆きや呪詛をそのまま書きなぐったような章である。そして一番短い章は「私の身の上」という表題だけが付され、あとはそのページが存在しないことを読者に伝える「刊行者の注記」があるばかりだ（第47章）。愛する娘のために書き残したはずの自分の人生の物語なのだから、最も長い章になっていたかもしれない章が、逆説的にも内容が存在しないのである。エピソードの繋がりを考慮すればひとつの章にまとまってもいいような出来事が、ふたつの章に分断されていることもある。まるで主人公自身の息遣いや、感情の流れや、思考のリズムそのものを忠実に反映するかのように、『死刑囚最後の日』は断片的な構造を有しているのだ。

なぜなら、現在の重みに耐えかね、未来を期待できない主人公には、日々の記録としての日記体の言説を論理的に構築することはできないからである。死刑囚である彼にとって、監獄での体験はすべて目新しく、出会う人々はすべてはじめて出会う人々であり、そして二度と出会うことはない。予期せぬ出来事や人間との遭遇は、彼に残された時間を分断し、連続した行為をなすことを許さない。彼の思考と心理もまた分散し、拡散していく。監獄内部での彼の存在そのものが断片化を運命づけられており、作品の章構成と文章の流れがその断片化を反映する。そして章の切れ目がしばしば論理の空白、あるいは論理の逸脱を示している。それが結果的には、当時の刑罰制度の苛烈さをほとんど身体的な次元で読者に感じさせることになる。『死刑囚最後の日』の作家はまさしく、ひとつの主題を表現するための最適の文体を創出したのである。

隠語の機能

監獄世界と犯罪者の習俗の特殊性を表わす言語的な符牒としてユゴーが効果的に使用しているのが、隠語 argot である。しかるべき教育を受けた主人公にとって、犯罪者の隠語はほとんど理解できない言語である。ビセートル監獄に収容された主人公は、中庭で囚人仲間と接しているうちに彼らから隠語を教えてもらう。「それは普通の言葉に接ぎ木されたような言葉で、いわば醜い突起物、いぼのようなものだ。時には奇妙なほど力強く、恐ろしいほど絵画的な表現もある」(第5章)と彼は記す。社会の法に背いた犯罪者たちは、言語においても規範から逸脱し、そうすることで自分たちのアイデンティティを確認しあう。

ある日、医務室にいた死刑囚の耳に、監獄の外でひとりの娘が澄んだ、さわやかな声で歌うのが聞こえてくる。隠語がちりばめられたその歌は、ある盗賊の浅ましい人生を語るもので、歌い手と歌の内容のグロテスクさが鮮やかな対照をなしていて、主人公を驚かせる(第16章)。娘は鳩のような声で、「あの血に染まった醜悪な言語」で綴られた歌詞を口ずさんでいるのだった。その歌詞は隠語に関する註釈つきで作品の末尾に収録されているほどで、作家にとっては犯罪者集団の心性と習俗を露呈してくれる重要な細部だったことが分かる。そして三度目に隠語が本書のページに並ぶのは、コンシエルジュリ監獄に移送された主人公が典獄の執務室で出会ったもうひとりの死刑囚が、隠語まじりの言葉で自分の生涯を語るときだ。原書ではこの箇所に、ユゴー自身の手による語義の注が添えられている。読者にたいして、ユゴーは隠語を視覚的なイメージとしても提示しようとしたのである。

いずれの場合も主人公は、隠語が表象する奇妙なまでに生々しい世界に嫌悪と同時に好奇心を覚える。醜悪であると同時に、何かしら画趣に富んでいる。隠語とは言語現象であり、それ以上のものである。ユゴーの考えでは、同時代の一般読者に理解不能な犯罪者の隠語は、一般社会の下に、あるいはその外にもうひとつの世界があることを示すものにほかならない。隠語は政治的、社会的な意味合いをおびている。言語は社会を映し出す鏡なのである。

そのことをユゴーは、後年『レ・ミゼラブル』第四部第七巻の冒頭、まさしく「隠語」と題された章であらためて論じている。その点でも、ユゴーの二つの作品には同じ精神が通底していて、主題のうえで連続性がある。「隠語とは何か。それは国民であり、同時に特有語法である」。つまり隠語には、社会的、政治的な側面と、特殊な世界で使用される言葉という言語的な側面の両方が具わっている。作家は、『死刑囚最後の日』で自分が隠語を文学の世界にはじめて導入したのだと誇りつつ、その後、バルザックが『娼婦盛衰記』（一八三八〜四七）で、ウジェーヌ・シューが『パリの秘密』（一八四二〜四三）で犯罪者にとって自然な隠語を話させたことを称賛している。前者にはコンシエルジュリ監獄に収容された囚人たちが、後者には首都パリの下層社会に巣くうならず者たちが登場して、隠語を使用するからだ。隠語が文学のなかで市民権を得たと言ってよい。『死刑囚最後の日』で、作家はひとつの言語的実験を試みた。同時代の読者は不謹慎だ、下品だとしてそのことを非難したが、その非難は逆にユゴーの実験の大胆さ、斬新さをよく語っているのである。

『死刑囚最後の日』はユゴーの小説としては最も短いもののひとつだが、そこで語られている主題の重み、技法の革新性、社会的な影響の点で刮目すべき作品である。ユゴーの小説や戯曲はしばしば過去の時代や、フランス以外の土地を舞台に設定している。『レ・ミゼラブル』にしても、刊行は一八六二年だが、物語の時代背景は一八一〇～三〇年代である。そうしたなかで、まさしく同時代のフランス、しかもパリで展開する本作は例外的であり、それだけ作家が時代の状況に深く関わろうとしたことの証しである。その意味で、彼の代表作のひとつと見なされていいだろう。

ヴィクトル・ユゴー年譜

一八〇二年

二月二六日、フランス東部の町ブザンソンで生まれる。二人の兄アベルとウジェーヌがいる。父レオポル・ユゴーはナポレオン軍の将校。その後父の転勤にともなって、一家はマルセイユ、コルシカ島、エルバ島、スペインなどに住む。レオポルと妻ソフィーの仲は次第に疎遠になる。

一八〇九年　七歳

六月、ソフィーは三人の息子を連れてパリに居を構える。

一八一一年　九歳

夫との和解を模索するため、ソフィーは息子たちといっしょにマドリードに向かう。ヴィクトルはスペインの風景と都市の美しさに強い印象を受けた。しばらくマドリードで暮らすが、夫婦の疎遠な関係は変わらず、翌年三月ソフィーたちはパリに戻る。

一八一五年　一三歳

兄ウジェーヌと共に寄宿舎に入る（〜一八一八年）。ここでユゴーは文学に目覚め、みずからも作家になりたいと願うようになり、詩作や劇作を始める。翌年にはノートに「僕はシャトーブリアンになりたい、さもなければ無だ」と書き記す。

一八一九年　一七歳
一二月、兄アベルと共に文芸誌「コンセルヴァトゥール・リテレール」を創刊（一八二一年三月まで続く）。

一八二〇年　一八歳
詩作によって国王ルイ十八世から表彰される。

一八二一年　一九歳
母ソフィー死去。

一八二二年　二〇歳
処女詩集『オードと雑詠集』刊行。国王より一〇〇〇フランの年金を賜る。アデル・フーシェと結婚。

一八二三年　二一歳
二月、処女長編小説『アイスランドのハン』刊行。

一八二六年　二四歳
小説『ビュグ＝ジャルガル』、詩集『オードとバラッド』刊行。

一八二七年　二五歳
戯曲『クロムウェル』刊行、その長い序文はロマン主義運動のマニフェストとなる。

一八二九年　二七歳
詩集『東方詩集』、小説『死刑囚最後の日』刊行。

一八三〇年　二八歳
二月、戯曲『エルナニ』が上演され大

成功を収める。ロマン主義の勝利が決定的となる。

七月、革命が勃発してブルボン王朝は倒れ、オルレアン朝のルイ＝フィリップが王座に就く（七月王政の始まり）。

一八三一年　二九歳

小説『ノートル＝ダム・ド・パリ』刊行。

一八三二年　三〇歳

『死刑囚最後の日』第三版のために長い「序文」を書いて、死刑反対を唱える。

一八三三年　三一歳

舞台女優だったジュリエット・ドゥルエがユゴーの愛人となる（二人の関係は一八八三年のジュリエットの死まで続く）。

一八三四年　三二歳

小説『クロード・グー』刊行。

一八四一年　三九歳

アカデミー・フランセーズ会員に選出される。

一八四五年　四三歳

国王ルイ＝フィリップにより子爵に叙せられ、貴族院議員となる。『レ・ミゼール』（後の『レ・ミゼラブル』）の初稿を書き始める（一八四八年に中断）。

一八四七年　四五歳

死刑囚を収容していたパリのロケット監獄を視察する。

一八四八年　四六歳

二月革命により七月王政が倒れ、第二共和政が成立。政治犯の死刑は廃止される。ユゴーは議員に選出され、左派の論客の一人として活躍する。九月、憲法制定議会で死刑廃止を訴える演説を行なう。一二月、ルイ・ナポレオンが大統領に選ばれる。

一八五一年　四九歳
一二月、大統領ルイ・ナポレオンがクーデタを敢行して議会を解散する。ユゴーはクーデタに反対して抵抗運動を組織しようとするが、身の危険を感じてブリュッセルに逃れる。長い亡命生活の始まりである。翌年、第二帝政始まる。

一八五三年　五一歳
皇帝ナポレオン三世を断罪する『懲罰詩集』を刊行。

前年から住んでいた英仏海峡のジャージー島で交霊術に強い関心を示し（ほぼ二年間続く）、それが後の作品に神秘主義的な傾向をもたらす。

一八五五年　五三歳
ガーンジー島に居を移し、以後一八七〇年まで住む。

一八五九年　五七歳
皇帝による特赦令を拒否して、島に留まる。

一八六二年　六〇歳
『レ・ミゼラブル』をパリとブリュッセルで同時に刊行し、大成功を収める。

一八六九年　六七歳
小説『笑う男』刊行。息子たちがパリで反政府系の新聞を創刊する。

一八七〇年　　六八歳
フランスが普仏戦争に敗れ、第二帝政崩壊。九月、ユゴーはほぼ一九年ぶりにフランスに帰国する。

一八七一年　　六九歳
国民議会議員に選出されるが、議会の方針に反対してまもなく辞職する。

一八七四年　　七二歳
フランス革命を時代背景とする小説『九十三年』刊行。

一八七六年　　七四歳
上院議員に選出され、パリ・コミューンの闘士たちの恩赦を求めて演説を行なう。

一八八三年　　八一歳
詩集『諸世紀の伝説』第三集を刊行。

一八八五年　　八三歳
五月二二日、パリで死去。六月一日、国葬に付される。沿道では二〇〇万人の市民が葬列を見送り、遺骸はパンテオンに祀られた。死後も詩集、紀行文、随想集などが数多く刊行された。

訳者あとがき

ヴィクトル・ユゴーは詩、小説、演劇、評論、旅行記などさまざまなジャンルで瞠目すべき作品を残し、政治家としても活躍した巨大な作家である。フランス国内、および日本を含めた諸外国においても、フランス作家のなかでユゴーの知名度は群を抜く。とりわけ代表作『レ・ミゼラブル』は原作だけでなく、それを基にした映画、ミュージカル、テレビドラマなどが何度も制作され、繰り返し上演されてきた。フランスの場合、国民的作家という言葉はまさにユゴーのためにあるような呼称である。

そのことを示す卑近な例をひとつ挙げておこう。フランスでは、町の通りや広場に人名が付されることが多いが、どの町に行っても目にするのが「ヴィクトル・ユゴー通り」や「ヴィクトル・ユゴー広場」である。たとえばパリでは、あの凱旋門からブローニュの森までヴィクトル・ユゴー大通りが長く延び、その途中にはヴィクトル・ユゴー広場と、地下鉄のヴィクトル・ユゴー駅まである。フランス第二の都市リヨンでは、町の中心部の二つの広場をヴィクトル・ユゴー通りが南北に結んでいる。

もちろん彼の作品と思想を高く評価するひとがいる一方で、彼を好まない者もいる。アンドレ・ジッドが「フランスで最も偉大な作家は?」と尋ねられて、「残念ながら、ユゴーでしょう……」と答えたというのは有名なエピソードである。確かなのは、好むと好まざるとに拘わらず、ユゴーを無視できないということである。とりわけ十九世紀の文学、文化、社会を考察するとき、彼は文字どおり避けて通れない文学者であり、知識人なのだ。

本書『死刑囚最後の日』はひとりの死刑囚の告白という形を借りて、死刑と刑罰制度そのものを根源から問い直すよう迫る問題作である。罪と罰のテーマは、ユゴーの長い文学経歴に通底し、多様な形で執拗に浮上してくる。ユゴー以降も、犯罪や、監獄や、死刑のエピソードを含む作品が他の作家たちによって書かれた。最後にその点に簡単に触れておきたい。

フランス十九世紀前半のロマン主義時代に書かれた文学作品では、犯罪者や監獄がしばしば描かれている。イギリスのゴシック小説の影響を受けた「暗黒小説」では、山賊や海賊が登場して悪事に手を染める。スタンダールの『赤と黒』の主人公ジュリアンは、かつての恋人レナール夫人を狙撃したせいで死刑になるし、『パルムの僧院』(一八三九)のファブリスもまた殺人を犯し、ファルネーゼの塔に幽閉される。ただしスタンダール文学において、監獄は『死刑囚最後の日』で描かれるような疎外と恐怖の空間ではなく、むしろ解放感を味わう場になっている。そしてジュリアンにしろ、ファブリスにしろ単なる犯罪者ではなく、情念と活力と知性の人間である。

バルザックの『ゴリオ爺さん』、『娼婦盛衰記』、そして『幻滅』(一八三七～四三)に登場する謎めいたヴォートランは、パリの闇社会の帝王として隠然たる権威を有しているし、『村の司祭』(一八四一)では、青年タシュロンが愛する女性のため農夫を殺めて、最後は死刑に処せられる。『娼婦盛衰記』では、コンシエルジュリ監獄を舞台にして重要な物語が展開するし、ヴォートランは社会の裏面を熟知し、彼の存在自体が社会の闇を象徴している。同じく監獄の挿話が大きな位置を占めるのはデュマの『モンテ＝クリスト伯』(一八四四～四五)で、知人たちの謀略によって冤罪の犠牲者となったダンテスが、マルセイユの沖に浮かぶ島の牢獄に幽閉されてしまう。超人的なヒーローであるダンテスは、その幽閉生活を経て精神的に成長し、やがて脱出して復讐を果たす。ダンテスや、シューの『パリの秘密』の主人公ロドルフは、悪の世界と接触しながら最終的には善を実現する「正義の士」である。これは大衆文学のひとつの人物類型と言えるだろう。

十九世紀後半になると、潮流が変わる。エミール・ガボリオがルコック探偵を登場させたシリーズは世界最初の長編推理小説だが、そこでは犯罪と、警察組織による捜査が物語の主筋となり、犯罪者はたんに法を破った人間として追跡されるだけである。エドモン・ド・ゴンクール作『娼婦エリザ』(一八七七)の後半部では、フランス北東部の町ノワールリウにあった女囚監獄が舞台となり、過酷な幽閉生活によって精神が蝕(むしば)まれていくエリザの生涯が語られる。

みずから死刑を目撃した経験のあるヴィリエ・ド・リラダンは、一八八五年二月「フィガロ」紙に寄せた「死刑の現実性」と題された記事で、死刑の実施方法に疑義を呈した。この時代にはギロチンは高い死刑台の上に設置されるのではなく、監獄前の広場の敷石に直接据えられていた。ヴィリエによればそれは不適切な措置で、死刑が見せしめ効果を持ち、犯罪予防に役立つためには、法の装置であるギロチンが高い台の上に据えられるべきである。「死刑囚の不吉な有名性と、彼の死の厳粛さがそこに集まる群衆を魅了し、同時に恐れさせるのだ。要するに、群衆の想像力に宿る死刑台の残像が群衆に強い印象をあたえ、おそらく群衆を教化し、思考するよう促すのだ」。エミール・ゾラはこの見解に同意しなかっただろう。『三都市』叢書の第三作『パリ』（一八九八）では、実在した無政府主義者ヴァイヤンをモデルにしたサルヴァという人物が登場する。爆弾を使用したテロ行為のせいで死刑を宣告され、ロケット監獄前の広場で刑が執行される。それを目にした主人公ピエールからすれば、地上に置かれたギロチンは「もっとも野蛮で嫌悪すべき機械装置」ということになる。

ユゴーの知名度は生前からすでに国際的なものだった。彼の文学に親しみ、一連の作品において犯罪、監獄、死刑、収容所などの主題を大きく取り上げたのが、ロシアのドストエフスキーである。とりわけ作家自身のシベリアでの抑留生活の体験を踏まえて、監獄の生活を語る『死の家の記録』（一八六二）には、『死刑囚最後の日』の残響がこだましている。実際ドストエフスキーは『やさしい女』（一八七六）という短編小説の序文で、ユゴーの小説が幻想的な手法を用いた傑作であり、彼が書いた作品のなかで最も真実味にあふれた作品だと絶賛した。

戦争と収容所の時代でもあった二十世紀の文学では、監獄や収容所がかつてなく重要なトポスとして浮上してくる。ナチスの強制収容所からの帰還者であるヴィクトール・フランクルの『夜と霧』（一九四七）、エリ・ヴィーゼルがアウシュヴィッツの悪夢を語った『夜』（一九五五）、旧ソ連の収容所生活を体験したソルジェニーツィンの『イワン・デニーソヴィチの一日』（一九六二）がその代表だろう。監獄を舞台にした代表的なフランス文学と言えば、ジャン・ジュネの一連の作品がまず脳裏に浮かぶところだ。『薔薇の奇跡』（一九四六）や『泥棒日記』（一九四九）は、犯罪者自身の立場から監獄内の悪、性、暴力、裏切り、幻想などを語り、崇高な聖性の域にまで昇華させた稀有の文学である。

カミュの『異邦人』（一九四二）も逸することができない。母親の葬儀で涙を見せず、アラブ人を射殺したムルソーは悔悛の情を示さず、裁判で死刑を宣告される。作品の後半は、ムルソーが監獄のなかでみずからの実存と対峙し、世界の不条理を認識するさまを語るページである。同じくカミュは、その後『ギロチンに関する考察』と題された著作を一九五七年に発表する。ベッカリーアやジョゼフ・ド・メストルを参照しながらカミュは、死刑には見せしめ効果はなく、したがって犯罪を抑止する機能は果たしていないから、それは無駄で有害な制度であると断罪した。その議論の大筋も、ベッカリーアとジョゼフ・ド・メストルを引き合いに出す点も、『死刑囚最後の日』に付された「一八三二年の序文」と同じである。

日本にも、監獄での幽閉体験を語った、あるいは監獄内で書かれた文学作品はとりわけ明治期以降少なくない。政治犯や思想犯というカテゴリーが存在し、実際に拘禁された戦前には、獄舎で執筆することを余儀なくされた者たちもいた。監禁の空間が、ときには夢想と思索をうながす創造の空間へと変貌する。ラスネールの『回想録』やジュネの小説がそうだったように、フランスでは、監獄に閉じ込められた状態が生みだした稀有な文学があった。日本においては、思想上の理由で何度も逮捕された無政府主義者・大杉栄が『獄中記』（一九一九）を著わし、殺人犯として死刑を宣告された永山則夫は、獄中で『無知の涙』（一九七一）、『木橋』（一九八四）のような忘れがたい作品を書いた。また他方で近代日本文学は、獄中者が孤絶と不安のなかでみずからの過去を回顧し、現在を凝視し、未来を考察する姿をしばしば表象する。獄舎は、犯罪者を思索の主体に、想像力の担い手に変貌させるのである（この点については副田賢二『〈獄中〉の文学史――夢想する近代日本文学』、二〇一六年、を参照いただきたい）。

死刑制度を維持する国は世界的に減少しているし、その是非をめぐって日本では意見が割れている。それが司法や刑罰の領域に留まる問題ではなく、社会全体に突きつけられた課題でもあるということを、哲学者の萱野稔人が『死刑　その哲学的考察』（二〇一七）で論じた。そこでは、訳者も「解説」で触れたカントやベッカリーアの議論が引用されている。死刑の是非はともかくとして、死刑制度を維持している日本で今ユゴーの作品を読むことの意義はけっして小さくないと思われる。

最後に翻訳について一言述べておく。底本にしたのは、Victor Hugo, *Le Dernier jour d'un condamné*, *Œuvres complètes de Victor Hugo*, Le Club Français du Livre, t.III, 1967. である。これ以外にもラフォン版、フォリオ・クラシック版、リーヴル・ド・ポッシュ版などを適宜参照し、本文理解のうえでその注にはおおいに助けられた。なおわが国では、『ヴィクトル・ユゴー文学館』（全十巻、潮出版社）が刊行されており、ユゴーの主要作品はすべて読める。本作によってユゴーに興味を抱いた読者がいれば、ぜひこのシリーズも手にとっていただきたい。

本作には豊島与志雄訳（岩波文庫）、小潟昭夫訳（潮出版社）の二種の邦訳がすでに存在する。今回の翻訳にあたって参照させていただいたが、解釈を異にした箇所は少なくない。また岩波文庫版は「作品としてはつまらない」という理由で「ある悲劇をめぐる喜劇」を割愛し、潮出版社版もそれに倣っているが、訳者（小倉）は重要で意義のあるテキストだと考えて訳出した。おそらく、はじめて邦訳されたと思われる。フランスではこのテキストも含めて『死刑囚最後の日』が書籍化されているので、作品の精神と射程を尊重し、それを日本の読者に正しく伝えるためには、すべて訳出することが不可欠だと考えた。また犯罪者、監獄、司法制度といった主題の性質上、いわゆる差別用語の問題を含めて用語の選択には配慮したつもりだが、遺漏があるかもしれない。ご寛恕（かんじょ）を乞う次第である。

光文社翻訳編集部の中町俊伸氏から「『死刑囚最後の日』を訳してみませんか」とお声掛けいただいたときは、少し驚いたが、引き受けることに迷いはなかった。かなり以前になるが、訳者はかつて『19世紀フランス　光と闇の空間』（人文書院、一九九六）という本を上梓し、その第四章「刑罰の政治学」でユゴーと『死刑囚最後の日』を論じたことがあり、未知の作品ではなかったからである。犯罪や監獄の文学的表象には当時から強い関心を抱いていた。若い頃書いた本のテーマが、その後別のかたちで現在の仕事に繋がるという経験は嬉しい。そのきっかけを作っていただき、さらには訳文に細かく目を通していただくなど、中町さんにはたいへんお世話になった。この場を借りて深い謝意を表する次第である。

二〇一八年一〇月

小倉孝誠

死刑囚最後の日

著者　ユゴー
訳者　小倉孝誠

2018年12月20日　初版第1刷発行

発行者　田邉浩司
印刷　慶昌堂印刷
製本　ナショナル製本

発行所　株式会社光文社
〒112-8011東京都文京区音羽1-16-6
電話　03（5395）8162（編集部）
03（5395）8116（書籍販売部）
03（5395）8125（業務部）
www.kobunsha.com

落丁本・乱丁本は業務部へご連絡くだされば、お取り替えいたします。
ISBN978-4-334-75390-0 Printed in Japan

いま、息をしている言葉で、もういちど古典を

長い年月をかけて世界中で読み継がれてきたのが古典です。奥の深い味わいある作品ばかりがそろっており、この「古典の森」に分け入ることは人生のもっとも大きな喜びであることに異論のある人はいないはずです。しかしながら、こんなに豊饒で魅力に満ちた古典を、なぜわたしたちはこれほどまで疎んじてきたのでしょうか。

ひとつには古臭い教養主義からの逃走だったのかもしれません。真面目に文学や思想を論じることは、ある種の権威化であるという思いから、その呪縛から逃れるために、教養そのものを否定しすぎてしまったのではないでしょうか。

いま、時代は大きな転換期を迎えています。まれに見るスピードで歴史が動いていくのを多くの人々が実感していると思います。

こんな時わたしたちを支え、導いてくれるものが古典なのです。「いま、息をしている言葉で」——光文社の古典新訳文庫は、さまよえる現代人の心の奥底まで届くような言葉で、古典を現代に蘇らせることを意図して創刊されました。気取らず、自由に、心の赴くままに、気軽に手に取って楽しめる古典作品を、新訳という光のもとに読者に届けていくこと。それがこの文庫の使命だとわたしたちは考えています。

このシリーズについてのご意見、ご感想、ご要望をハガキ、手紙、メール等で翻訳編集部までお寄せください。今後の企画の参考にさせていただきます。
メール　info@kotensinyaku.jp

光文社古典新訳文庫　好評既刊

脂肪の塊／ロンドリ姉妹　モーパッサン傑作選
モーパッサン　太田浩一　訳

人間のもつ醜いエゴイズム、好色さを描いた「脂肪の塊」と、イタリア旅行で出会った娘との思い出を綴った「ロンドリ姉妹」。ほか初期作品から選んだ中・短篇集第1弾。（全10篇）

海に住む少女
シュペルヴィエル　永田千奈　訳

大海原に浮かんでは消える、不思議な町の少女の秘密を描く表題作。ほかに「ノアの箱舟」、イエス誕生に立ち合った牛を描く「飼葉桶を囲む牛とロバ」など、ユニークな短編集。

女の一生
モーパッサン　永田千奈　訳

男爵家の一人娘に生まれ何不自由なく育ったジャンヌ。彼女にとって夢が次々と実現していくのが人生であるはずだったのだが……。過酷な現実を生きる女性をリアルに描いた傑作。

感情教育（上・下）
フローベール　太田浩一　訳

二月革命前夜の19世紀パリ。人妻への一途な想いと高級娼婦との官能的恋愛の間で揺れる優柔不断な青年フレデリック。多感で夢見がちに生きる青年の姿を激動する時代と共に描いた傑作長篇。

三つの物語
フローベール　谷口亜沙子　訳

無学な召使いの一生を描く「素朴なひと」、聖人の数奇な運命を劇的に語る「聖ジュリアン伝」、サロメの伝説に基づく「ヘロディアス」。フローベールの最高傑作と称される短篇集。

光文社古典新訳文庫　好評既刊

ちいさな王子

サン＝テグジュペリ
野崎 歓 訳

砂漠に不時着した飛行士のぼくの前に現われた不思議な少年。ヒツジの絵を描いてとせがまれる。小さな星からやってきた、その王子と交流がはじまる。やがて永遠の別れが…。

夜間飛行

サン＝テグジュペリ
二木 麻里 訳

夜間郵便飛行の黎明期、航空郵便事業の確立をめざす不屈の社長と、悪天候と格闘するパイロット。命がけで使命を全うしようとする者の孤高の姿と美しい風景を詩情豊かに描く。

人間の大地

サン＝テグジュペリ
渋谷 豊 訳

パイロットとしてのキャリアを持つ著者が、駆け出しの日々、勇敢な僚友たちや人々との交流、自ら体験した極限状態などを、時に臨場感豊かに、時に哲学的に語る自伝的作品。

戦う操縦士

サン＝テグジュペリ
鈴木 雅生 訳

ドイツ軍の侵攻を前に敗走を重ねるフランス軍。「私」に命じられたのは決死の偵察飛行だった。著者自身の戦争体験を克明に描き、独自のヒューマニズムに昇華させた自伝的小説。

青い麦

コレット
河野万里子 訳

幼なじみのフィリップとヴァンカ。互いを意識しはじめた二人の関係はぎくしゃくしている。そこへ年上の美しい女性が現れ……。奔放な愛の作家が描く〈女性心理小説〉の傑作。

光文社古典新訳文庫　好評既刊

マノン・レスコー
プレヴォ
野崎 歓 訳

美少女マノンと駆け落ちした良家の子弟デ・グリュ。しかしマノンが他の男と通じていることを知り……愛しあいながらも、破滅の道を歩んでしまう二人を描いた不滅の恋愛悲劇。

椿姫
デュマ・フィス
西永 良成 訳

青年アルマンと出会い、初めて誠実な愛に触れた娼婦マルグリット。華やかな生活の陰で彼女は人間の哀しみを知った！　著者の実体験に基づく十九世紀フランス恋愛小説の傑作。

オリヴィエ・ベカイユの死／呪われた家　ゾラ傑作短篇集
ゾラ
國分 俊宏 訳

完全に意識はあるが肉体が動かず、周囲に死んだと思われた男の視点から綴る「オリヴィエ・ベカイユの死」など、稀代のストーリーテラーとしてのゾラの才能が凝縮された珠玉の5篇を収録。

狭き門
ジッド
中条 省平
中条 志穂 訳

美しい従姉アリサに心惹かれるジェローム。相思相愛であることは周りも認めていたが、当のアリサは煮え切らない。ノーベル賞作家ジッドの美しく悲痛なラヴ・ストーリーを新訳で。

未来のイヴ
ヴィリエ・ド・リラダン
高野 優 訳

恋人に幻滅した恩人エウォルド卿のため、発明家エジソンは、魅惑の美貌に高貴な魂を具えた機械人間〈ハダリー〉を創り出すが……。アンドロイドSFの元祖。（解説・海老根龍介）

光文社古典新訳文庫　好評既刊

光文社古典新訳文庫　好評既刊

失われた時を求めて 6 第三篇「ゲルマントのほうⅡ」

プルースト
高遠 弘美 訳

ヴィルパリジ夫人のサロンに招かれた語り手は、ドレフュス事件や藝術の話に花を咲かせる社交界の人びとを目にし……。「ゲルマントのほう」(一) 後半、(二) 前半を収録。

トニオ・クレーガー

マン
浅井 晶子 訳

ごく普通の幸福への憧れと、高踏的な芸術家の生き方のはざまで悩める青年トニオが抱く決意とは? 青春の書として愛される、ノーベル賞作家の自伝的小説。(解説・伊藤白)

ロビンソン・クルーソー

デフォー
唐戸 信嘉 訳

無人島に漂着したロビンソンは、限られた資源を駆使し、創意工夫と不屈の精神で、二十八年も独りで暮らすことになるが……。「英国初の小説」と呼ばれる傑作。挿絵70点収録。

白痴 4

ドストエフスキー
亀山 郁夫 訳

「この結末を書きたいために書いた小説だ」(ドストエフスキー)。ムイシキンとロゴージン、ナスターシヤにアグラーヤ。四人の「愛」と「恋」の激突がまねく、衝撃のフィナーレ!

方丈記

鴨 長明
蜂飼耳 訳

出世争いにやぶれ、山に引きこもった不遇の才人鴨長明が、災厄の数々、生のはかなさを綴った日本中世を代表する随筆。和歌十首と訳者によるオリジナルエッセイ付き。

ミドルマーチ1 ジョージ・エリオット／廣野由美子・訳

近代化のただなかにある都市を舞台に、宗教的理想に燃える娘、赴任してきた若き医者、市長の息子、銀行家などの思惑と人間模様をつぶさに描き「英国最高の小説」と賞される名作。生誕二百年を迎えるジョージ・エリオットの代表長篇、刊行開始。

テアイテトス プラトン／渡辺邦夫・訳

「知識とは何か？」を主題に、老哲学者ソクラテスが、老幾何学者のテオドロスと十代半ばの天才数学者テアイテトスを相手に対話する。知覚や記憶、推論、判断、考えについて議論が展開される中期プラトンを代表する作品。詳細な解説付き。

二十六人の男と一人の女 ゴーリキー傑作選 ゴーリキー／中村唯史・訳

毎日パンをもらいにくる快活な少女ターニャの存在は、暗いパン工房でこき使われる男たちの唯一の希望だった。だが、ある日ふらりと現れた伊達男が彼女を落とせると言いだし……。社会の底辺で生きる人々の姿を描く、味わい深い四篇を収録。

kobunsha
classics